黒の将軍と東の塔の魔女

姫野百合

Illustration
天野ちぎり

この作品はフィクションです。
実在の人物・団体・事件などに
一切関係ありません。

CONTENTS

黒の将軍と東の塔の魔女　7

あとがき　318

レオニダス
イグニス国の将軍。
好戦的な男で気まぐれで
シルワ国に攻め込む。
アレクサンドラ
小国シルワの第一王女。
魔女だと忌み嫌われ、
12歳の時から東の塔に
閉じ込められていた。

オレク
シルワ国の王太子。
アレクサンドラの兄。
ジークフリート
アクイラ国の王太子。
ディミトリオ
レオニダスの副官。
エルウィン
アクイラ国の王太子妃。
黒の将軍と東の塔の魔女
登場人物紹介

◇◇◇

森の小国シルワの王城は驚くほどにひっそりと静まりかえっていた。

太陽はまだ南の空の高い場所にある。

本来なら、城付きの修道士たちは祈りを捧げ、厩番《うまやばん》は馬の毛並みにブラシをかけ、調理番は食事のしたくを、女たちは刺繍《ししゆう》を、そして、兵士たちは鍛錬《たんれん》に勤《いそ》しんでいる頃合《ころあ》い。

城壁の内にも外にもそうした日常の喧騒《けんそう》というヤツがあふれているはずなのに、この静けさは、いったい、どうしたことだ？

「あー、将軍。城内には誰もいない模様ですねぇ」

イグニスの若き将軍レオニダスは、副官のディミトリオがいささか間延《まの》びした調子で報告するのに、苦りきった声で応じた。

「国王はどうした？」

「さあ」

「王妃は？」

「さあ」

「国王の家族は？　側近《そっきん》は？　城を守る兵士は？」

レオニダスの矢継《やつ》ぎ早の質問に、ディミトリオは、首を横に振り、肩をすくめる。

「国王の居室から、兵舎、厨房、厩に到るまで、隈《くま》なく、丹念《たんねん》に、執念深く、そりゃあ、もう、徹底的に探索しましたが、城内には猫の子一匹残ってません。すべて空《から》っぽです」

「……」

「どうやら俺たちが到着するより先に、国王陛下以下ご一同さまは尻尾《しっぽ》を巻いて逃げ出しちゃったみたいですねぇ」

予想外の事実だ。大いに失望して、レオニダスは舌打ちをする。

「ちっ……」

久々に暴れられると思っていた。抵抗する騎士を背中の剣でばったばったとなぎ倒し、震え上がる貴族どもをモーゼの十戒のごとくかき分ける。そして、悠然と歩み寄った玉座から国王を引きずりおろし、言ってやるのだ。

『この俺にひざまずけ。ひれ伏して生命乞《いのちご》いをしろ。そうすれば、生命だけは助けてやらんこともない』

その瞬間、国王が浮かべる屈辱にまみれた苦悶《くもん》の表情を想像しては、ぞくぞくするような暗い喜びに浸っていたというのに、

(逃げた、だと⁉)

そんなの、ありえない。絶対に、許せない。

「国王のくせに、戦いもせず、国も国民も捨てて逃げるとは、使えねーにもほどがあるだろ。ああ? とんだ腰抜けだな。呆れるぜ」

仮にも一国の『将軍』と呼ばれる身分には相応《ふさわ》しからぬ粗野な口調で、レオニダスは逃げたシルワ国王を罵《ののし》った。それを聞いて、ディミトリオが、その女好きのする柔和《にゅうわ》な顔に苦笑を浮かべる。

レオニダスがこのシルワに攻め入ったのは、なかば気まぐれからだ。

ここのところ和平協定ばかりがやけに続いたせいで、レオニダスが率《ひき》いる隊が暴れる機会は全くと言っていいほどなかった。

退屈だった。あまりにも退屈過ぎて、窒息しそうだった。

あたたかい炉《ろ》を囲んで互いの腹を探り合い、言葉で相手を出し抜いて自身の利益を得る。それも悪くはないが、やはり、この手に握った剣で敵を打ち倒し、力で奪い取るほうが、何倍も何十倍も楽しいに決まってる。

だから、退屈しのぎにシルワに侵攻した。イグニスの国王にも内緒で。

この事実を知ったら国王は激怒するだろう。カンカンになって側近たちに当り散らす姿が目に浮かぶようだ。

それでも、最後には、きっと、この暴挙を許すに違いないと、レオニダスは高をくっていた。

なんたって、国王はレオニダスの武力を極端に恐れている。ガタガタ言いやがるようなら、「俺は別の国王の許《もと》で働いたっていいんだぜ」てな具合に、ちょっと脅してやればいいのだ。そうすれば、あの臆病者のこと。寛大な国王を装って、尊大な態度で、不承不承ながらも「不問に付す」と言わざるをえまい。

だが、しかし……。

待っていたのがこのような顛末《てんまつ》だったとは。

高揚《こうよう》しきった闘争心をはぐらかされ、心も身体も物足りなさのあまりうずうずしている。すっきり解消するつもりだった欲求不満が却って増大するなんて、これこそ本末転倒じゃないか？

レオニダスは、胸の中、暗く独白する。

（この俺さまの楽しみを奪った罪は重い。いったい、どうやってつぐなわせてやろう？）

何がなんでも国王一族を見つけ出し、この城に引きずり戻して、城壁から逆さにつるしてやる。それとも、切り刻んで豚のえさにでもするか。

いやいや。それでは飽《あ》き足《た》らない。もっと、もっと、高揚したい。血が沸騰《ふっとう》するほど興奮したい。いつも胸の底に巣食っている疼《うず》きを鎮めてくれる何か。俺が求めているのは、それだ――――。

レオニダスが残酷きわまりない想像に浸っていると、ディミトリオが更に面白くない報告を伝えてくる。

「ちなみに、ヤロスラフ王の剣ですが、こちらも、誰にかはわかりませんが、持ち去られています」

ヤロスラフ王の剣。

勇猛だった初代シルワ王ヤロスラフが戦場で振るったと伝えられる剣で、代々のシルワ王が受け継いできたシルワ王の証《あかし》であり、今でもシルワの戴冠式《たいかんしき》ではこの剣を継承する儀式が執《と》り行われているという。

要するに、この剣を持つ者がシルワの王ということだ。

別に、このままシルワという国を滅亡させたところでレオニダスとしては一向にかまわないからヤロスラフ王の剣が手に入らなくてもよいが、ヤロスラフ王の剣を持つ者がシルワ王を名乗って自《みずか》らの正統性を主張するようなことになるのは、ちょっと面倒くさい。

「ちっ……。つくづく忌々《いまいま》しいな……」

毒づくレオニダスに答えるように、ディミトリオが顎に手を当てて推測する。

「国王か、王太子のオレクか、そのあたりですかね」

「まあ、いい。どっちだろうが同じだ。草の根を分けても見つけ出して、丁重におもてなししてやるだけさ」

「そうですね」

「とりあえず、城の外に、城内のことにくわしい者がいないか探しに行かせろ。なんせ、城の中には誰もいねーし、城の外の国民の皆さんにでもお伺いするしか手がないからな」

レオニダスはシルワのことはろくに知らなかった。知っているのは、現在のシルワ王が国や国民よりも自分自身の愉《たの》しみを優先する男であることと、放漫《ほうまん》な国政によりシルワの国力が低下の一途《いっと》をたどっていることくらいだ。

もっとも、それだけわかっていれば充分だった。国力の低下とは、すなわち兵力の低下でもある。質も量も士気《しき》も低下しきった軍など攻略は容易《たやす》い。

レオニダスの命令に、ディミトリオは、にっこり、と笑って答える。

「実は、もう、ひとり捕まえてあります」

「仕事が早いな」

「森に住む樵《きこり》のようです。三日に一度城で使う薪《まき》を届けに来ることになっているそうで、今日も何も知らずに届けに来たところを捕えておきました。話をお聞きになりますか?」

いつもどおりそつのないディミトリオの働きぶりに満足してレオニダスがうなずくと、すぐにひとりの年老いた男が連れてこられた。

貧しい暮らしぶりを物語るように粗末《そまつ》な身なりをした男は、ふたりの屈強な兵士に挟まれて、ひどく、おびえ、すくみ上がっている。

レオニダスが樵に話しかけようとした、その時――。

ふいに、あわただしい足音が聞こえてきた。どうやら、伝令が急ぎの報告を携《たずさ》えてきたらしい。

「将軍。どうやら、東の塔の一番上の部屋に人が残っている模様です」

「どんなヤツだ?」

レオニダスの質問に、伝令の若い兵士は戸惑うように眉を少し寄せる。

「わかりません。外から頑丈《がんじょう》な鍵がかかっていて、開くのに手間取っています」

「中からではなく外から鍵がかけられているのか?」

「はい。中に人の気配があるのは確かなのですが……」

それは、いささか不思議な話だった。

たとえば、国王たちが中に立てこもっているのであれば、鍵は内側からかけられているはず。なのに、鍵は外からかけられている。

いったい、なぜ? あるいは、誰か幽閉《ゆうへい》でもされているのか?

考えながら、レオニダスはディミトリオに向かって指示を出す。

「なんにしても、開いてみないことには何もわからん。急いで開けるように伝えろ」

「はい」

「念のため、兵を増員しろ。中にいるのは凶暴《きょうぼう》な虎《とら》か狼《おおかみ》かもしれないしな」

冗談めかしたレオニダスの言葉を遮《さえぎ》ったのは、樵の強張《こわば》った声。

「だめだ！　あそこは開けちゃなんねぇ！」

「どういうことだ？」

「あんたらはよそから来た人だからわからないだろうが、シルワの者なら、みんな、あそこを開けたら大変なことになるのを知ってる」

樵は、青ざめ、がたがた身を震わせている。その様子からは、樵が東の塔の中にいるものに並々ならぬ恐怖を覚えていることは明白で……。

「あの塔には何がいる？」

レオニダスの質問に、樵はうつろな目を上げて首を横に何度も何度も小さく振った。まるで、口にした途端、とんでもない災厄《さいやく》に見舞われてしまうとでも言いたげに頑《かたく》なに口を引き結んでいる。

「なんだよ。俺の質問には答えられないっていうのか？」

「い、い、言ったら……、の、呪われる……」

レオニダスは無言で背中の大きな剣を抜いた。シルワの兵士たちの血を吸い損《そこ》ねた剣は、レオニダスの満たされなかった欲望そのままに鈍く光を弾《はじ》いている。

その黒い瞳に冷たい微笑みをたたえながら、レオニダスは手にした剣の切っ先を樵の首にぴたりと当てた。

「選べよ。ここで俺に斬《き》り殺されるのと、呪い殺されるのと、どっちがいい？」

「……ひっ……」

「いいぜ。俺はやさしいからな。どっちでも、おまえの好きなほうを選ばせてやる」

「ひぃぃぃぃぃぃっ……」

樵の口から悲鳴が上がる。けれども、レオニダスは、そんなことは歯牙《しが》にもかけず、傲岸不遜《ごうがんふそん》な眼差しで樵を見下ろしているばかり。

樵は、しばらくの間ためらうように視線を迷わせていたけれど、やがて、観念したように瞳を伏せ、口を開いた。

「……東の塔にいるのは虎や狼なんかじゃねぇ……。もっと、もっと、ずーっと、おそろしいものだ……」

「おそろしいもの？」

訝しげに眉を寄せるレオニダスに、樵が小さくうなずく。

「……あそこにいるのは……、魔女だ……」

樵は言った。震える声で。

「東の塔には魔女がいる――――」

◇　◇　◇

最後のページの最後の一文字を読み終えた途端、あたりの喧騒が意識の中に雪崩《なだれ》れ込んできた。

（いったい、なにごと……？）

アレクサンドラは、顔を上げ、耳を澄ます。

アイネイアースとディードーの恋の物語に夢中になっていたから忘れていたけれど、昨日も一日じゅう城内が騒がしかったような気がする。そういえば、昨夜から食事も届けられていない。扉の外から遠慮がちにかけられる衛兵の声を最後に聞いたのは、いったい、いつだったか……？

たぶん、城内ではただ事ならざる事態が起こっているのだろう。

だとしても、アレクサンドラはそんなことは何一つ気に留めなかった。

東の塔のてっぺんにあるこの部屋は頑丈な二重の扉によって外界とは隔《へだ》てられている。

この部屋だけがアレクサンドラの世界のすべて。外の世界で何が起ころうとも、アレクサンドラにとってはいっさい関係のないことだ。

アレクサンドラは、自分にとってどうでもいいことはすぐに意識の外に追いやり、手にした本をそっと閉じた。

本は羊皮紙《ようひし》に一文字一文字手書きをして作られている。その作業には大変な手間がかかるため、よって、大変数が少なく、その貴重さに見合うほど高価だった。

今、アレクサンドラが手にしているこの本も、おそらく、何十年も前に、どこかの修道院の修道士の手によって別の本から書き写されたものだろう。

アレクサンドラは、いとおしそうに本の表紙を撫でた。

本は、いい。面白い。楽しい。大きさはアレクサンドラの華奢《きやしや》な両腕の中にもかかえられるほどしかないのに、本の中には世界のすべてが詰まっている。古き神々の物語も、偉《えら》い人が残した格言も、人々の悲しい歴史も、現在の国の内外の情勢も、何もかもすべて。この狭い部屋の中から一歩も外へ出ることができなくても、本に綴《つづ》られた文字を読めば、外の世界のほうからアレクサンドラの許へとやってきて、アレクサンドラにその姿を惜しむことなく見せて教えてくれる。

ほっ、と小さく吐息をこぼし、頬にかかるさらさらと音をたてそうなほどしなやかな金の髪をかき上げた時、突然、扉の外で大きな音がした。

誰かが扉をこじ開けようとしている。二つの頑丈な扉を打ち砕いて、アレクサンドラの小さな世界に侵入しようとしている。

アレクサンドラは、手にしていた本を胸の中に抱き締め、今にも破られようとしている扉を見つめた。

扉の向こうにいるのが、父や母でないことは明白だった。アレクサンドラをここに閉じ込めている張本人である彼らならば扉の鍵を持っている。そして、その鍵を使って彼らがアレクサンドラを訪ねてきたことは、いまだかつて、ただの一度もない。

ここには、日に三度、衛兵がやってくるだけだ。彼らは、頑丈な二重の扉の横にしつらえられた小さな窓から、食事や着替えなど身の周りの品をおそるおそる差し出し、そして、不要になったものを同じようにおそるおそる持ち帰る。彼らの目は、決してアレクサンドラのほうを見ようとしないし、彼らの手には、いつも、きつくきつく魔女避けのお守りが握り締められていた。

十二歳の頃ここに閉じ込められて以来、何年もの間、ずっとそんな日々が続いている。アレクサンドラの心の友は書物だけ。せめてもの心の慰めにと望んで許されたのはそれだけだったから。

では、誰が？　父でも母でもないのだとしたら、いったい、誰があの扉を開けようとしているのだろう？

（もしかしたら……）

アレクサンドラの脳裏を疑惑がよぎる。

父も、母も、アレクサンドラの兄妹も、この城の者たちも、いや、シルワの国民はひとり残らず、自分のことを忌《い》み嫌っているのをアレクサンドラは知っていた。

もしかしたら、ついに、恐怖に耐えられなくなったシルワの人々が、アレクサンドラを殺しに来たのだろうか？

ここから引きずり出して、広場で火あぶりにでもするつもり？

だとしても、アレクサンドラの胸は震えなかった。

殺したいのなら殺せばいい。火あぶりでも、逆さづりでも、好きにしたらいいのだ。

でも、わたくしは恐れない。取り乱さない。最後の一瞬まで、顔を上げ、胸を張って、わたくしはわたくしの矜持《きょうじ》を失わない。

アレクサンドラは、唇をきつく引き結び、その碧《みどり》の瞳で今にも破られようとしている扉を静かに見つめた。

重い軋《きし》みを立ててゆっくりと扉が開く。埃《ほこり》が舞い上がった。

外の世界が押し寄せてくる。絹糸のような髪を揺らすかすかなそよぎと、それから、わずかな草の匂い。ほのかな陽射しのまぶしさ……。

思わず細めた目に、誰か人の姿が映った。

男だ。まだ若い男。背が高い。黒い髪に黒い瞳。服もマントも長靴もすべてが黒ずくめで、片手には驚くほどに大きな剣を下げている。

男は、わずかも臆することなく、その口元に笑みさえ浮かべながら、床に座っているアレクサンドラに近づいてきた。

男の高圧的な眼差しがアレクサンドラを包む。碧の瞳を、身体全部を覆うほどに長くまっすぐな金の髪を、ここ何年もの間ろくに太陽の光を浴びたことのない抜けるように白い肌を、その肌とは裏腹に真っ黒な飾り気のないドレスを、何一つ余すところなく検分するようにじろじろと眺め回す。

男が口を開いた。

「おまえが魔女か？」

胸の奥に、どしん、と落ちてくるような深い声。

「どんなババァかと思ったら、なんだ。まだ青臭い小娘じゃねーか」

アレクサンドラは何も答えない。唇を固く引き結び、男の存在そのものを無視するように、わざと視線を男から背《そむ》けている。

黒ずくめの男の大きな手が無遠慮に伸びてきた。強引にアレクサンドラの細い顎を掴み、小作りな顔を無理に自分のほうへと向けさせる。

男の黒い瞳に捕らえられた瞬間――――。

生まれて初めて出会うような種類の戦慄《せんりつ》が、ゾッ、と背筋を這い上がったような気がし

て、アレクサンドラは小さく息を飲んだ。

「……っ……！」

この感覚は、何？

寒気？　恐怖？　わからない。底のない暗闇をうっかりのぞき込んでしまったような心地？　見つめていると、このまま吸い込まれてしまいそう……。

アレクサンドラは、あわてて男の手を払いのけると、黒ずくめの男を、きっ、と睨み返した。

「無礼者！　汚い手でわたくしにさわるとは何事ですか!?　わたくしはおまえのような下賤《げせん》の者がわたくしに触れることを許した覚えはありません」

こんなことを言えば黒ずくめの男が激昂するのではないかとも思ったが、男の口元に浮かんだ笑みは、消えるどころかいっそう深くなって……。

「なんだよ。聞こえてんじゃねぇか。俺は、また、魔女には人間の言葉は通じないのかと思ったぜ」

「……」

「それとも、通じないのは下賤の者の言葉か？　確かに、俺の身体の中を流れているのはとてつもなく卑《いや》しい血だからな。おまえの耳もさぞかし穢《けが》れたことだろうよ」

黒ずくめの男の唇から、さも愉快そうな笑い声が上がる。

思わず、アレクサンドラは眉をしかめた。

(なんていやな男……)

粗野で、乱暴で、傲慢で、心が捻《ね》じ曲がっている。

この男との間には、きっと、どんな言葉も役立たずだ。たとえ言葉の意味は理解できたとしても、この男と心が通い合うことは決してないだろう。

アレクサンドラがその碧の瞳にありありと浮かべた嫌悪感など歯牙にもかけず、黒ずくめの男が口を開く。

「さて。言葉が通じることがわかったところで、魔女に問いたい」

アレクサンドラは答えた。

「わたくしは『魔女』などという名前ではありません」

「では、なんと呼べばいい?」

「あなたのそれは他人に名前をたずねる態度ではありません」

つん、と胸をそらし、そっぽを向くと、黒ずくめの男は肩をすくめた。

「他人に名前をたずねる時は、まず自分から名乗れって?」

「……」

「あー。めんどくせぇ。つくづく気位《きぐらい》の高い女だな」

男の手がアレクサンドラの髪を掴む。そのまま力任せに引っ張られるのではないかと、アレクサンドラは、一瞬、恐怖に身をすくませたが、意外なことに、男は乱暴な真似《まね》はしなかった。アレクサンドラの前にひざまずくと、むしろ、ひどく丁寧とも言える手つきで金の髪を両の掌の上にすくい取り、そして……。

さらさらと滑る金糸にも似た髪に男の唇が触れる。

くちづけ。

そのあまりの恭《うやうや》しさに、アレクサンドラは、我知らず、ぴくん、と小さく震えた。髪の毛には感覚なんかないはず。なのに、男が唇で触れたところから妙な熱が広がってくるような気がして、ひどく落ち着かない。

そんなアレクサンドラのわずかな動揺を見透かしたように、黒ずくめの男は、口元に、にやり、と笑みを浮かべたあと、胸に手を当て、仰々《ぎょうぎょう》しい口調で名乗る。

「我が名はレオニダス」

「……レオニダス……？」

「左様《さよう》。偉大《いだい》なる魔女よ。どうぞ、以後お見知りおきを」

（レオニダス……。覚えのある名前だわ……）

上《うわ》ずるような鼓動をなんとか静めながら、アレクサンドラは記憶の中を探った。

そう。知っている。自分は、確かに、その名前をどこかの書物で目にしたことがある。

更に深いところから記憶を呼び覚まそうと、アレクサンドラは男の顔をまじまじと見た。

黒い髪。黒い瞳。黒ずくめの服。己《おのれ》の力を誇示《こじ》するような大きな剣。

(思い出した……)

レオニダス。黒い馬を駆り、数々の戦場を渡り歩いた、獰猛《どうもう》で狡猾《こうかつ》な——。

「イグニスの黒の将軍……」

思わずそうつぶやくと、レオニダスは、ぱっ、と顔を上げ、その口元に、にやり、と笑みを浮かべた。

「俺のこと、知ってるのか?」

無表情のまま、アレクサンドラは答える。

「元はといえば、一介《いっかい》の傭兵《ようへい》。その身分から、腕力と、卑怯《ひきょう》とさえ言える智謀《ちぼう》とで、いまだかつてないほどの短い間にイグニスの将軍にまで成り上がったと書物には書いてありました」

とはいえ、イグニスの将校たちの中には、レオニダスのことを『将軍』と呼ぶことを、いまだに拒否している者も少なくないという。レオニダスのあまりの荒々《あらあら》しさに恐れをなした揚《あ》げ句レオニダスに将軍の地位を与えてしまったイグニス王を『腰抜け』となじる者さえいるという噂だ。

敵ばかりか同胞《どうほう》にさえ蛇蝎《だかつ》のように忌《い》み嫌われている男。幾多《いくた》の敵も味方も容赦なく踏みにじってのしあがった男。

今、アレクサンドラの目の前にいるこの男が、それだ。

「レクタの戦いでは戦略家として名高いアクイラの王太子ジークフリートと互角に戦ったそうですね」

アレクサンドラが更にそう言うと、レオニダスは、立ち上がり、背後にいる部下たちに向かって大げさな身振りで言った。

「へー。聞いたか？　ディミトリオ。俺もけっこう有名じゃないか。なあ」

レオニダスの背後では、レオニダスと同じくらいの年齢と思われる若い男が困ったように苦笑いを浮かべている。たぶん、レオニダスの副官なのだろう。野蛮が服を着て歩いているようなレオニダスとは裏腹な、砂色の髪と灰色がかった水色の瞳をした優男だ。

「まあ、一つ訂正しておくとだな」

アレクサンドラのほうに視線を戻して、レオニダスはうそぶくように言った。

「ジークフリートと『互角に戦った』ってのは間違いだぜ。なんたって、ヤツより俺のほうが断然強いからな」

以前読んだ本の内容を思い出しながら、アレクサンドラは、つん、と横を向く。

「それがほんとうなら、今頃アクイラはイグニスの占領下にあったでしょうね」

レオニダスがアクイラに対して野心を抱いていたのは有名な話だった。実際、国境では長い間小競《こぜ》り合いが続き、レオニダスがアクイラに侵攻するのも時間の問題と思われていた時期もあったのだ。

けれども、イグニス王とアクイラの王太子との会談によって、両国の間に和平条約が結ばれ、結局、レオニダスの野望は潰《つい》えた。

なるほど。そういうことか。

行き先を失ったレオニダスの獰猛な剣は、では、今度はシルワに向けられた。シルワはこの男によって侵略されたのだ。

何が起こったのか悟って、アレクサンドラの胸は波立った。でも、それが怒りなのか悲しみなのかはアレクサンドラにもわからない。

「……国王は……どうなったのです？」

この獰猛な男のことだ。きっと、国王も王妃も、捕えられ、もう殺されているだろう。

わかってはいたが、聞かずにはいられなかった。

できるだけ平静を装《よそお》って視線を向けると、レオニダスは肩をすくめる。

「逃げられたよ」

「……逃げた……？」

「ああ。国王も、国王の家族も、城を守る兵士も、下働きのババァも、その手伝いをするガキに至るまで、ぜーんぶ、俺たちが攻めてくると知って、城を捨てて出ていった」

「……城を…捨てた……」

「俺たちがここに来た時には、城は既《すで》にもぬけの殻《から》ってヤツだったんだ。今はどこにいるのかわからねぇな」

唖然とする話だった。

侵略者と戦うことも交渉することもなく、城を捨てて逃げた？　ということは、国も、国民も、捨てたということ？

それが国王のすることだろうか？

確かに、イグニスの黒の将軍は戦うには厄介《やっかい》な相手かもしれない。でも、国と国民を守るのが国王の務《つと》めではないの？

アレクサンドラは、目を瞠《みは》り、言葉を失った。

レオニダスは長身を折るようにしてアレクサンドラの顔をのぞき込む。黒い瞳には獰猛な光が宿っていた。今にも獲物に食《く》らい付こうとしている獣《けもの》の目だ。

「残っていたのは、おまえだけだ」

口元に酷薄な笑みが浮かべ、レオニダスは言った。

「要するに、アレだな。おまえは置き去りにされたんだよ。魔女……、いや、王女アレクサンドラ」

「……っ……」

いきなり名前を呼ばれ、アレクサンドラは身を固くする。

では、レオニダスは何もかもを知っているのだ。

アレクサンドラがシルワの第一王女であることも、魔女と呼ばれている理由も、そして、国じゅうの人々がどれだけアレクサンドラを恐れているかということも。

知っていて、この茶番《ちゃばん》とは。

（やっぱり、いやな男だわ）

絶対に好きになれない。というより、大っっっ嫌い――――。

アレクサンドラは思わず手にしていた本をレオニダスに向かって投げつけた。レオニダスは、ひらり、と身をかわし、それを避ける。派手な音を立てて硬い革の表紙で装丁《そうてい》された本が床に落ちた。

「危ねぇな」

うそぶくように笑うレオニダスに人差し指を向け、アレクサンドラは声を張り上げる。

「なんで避けるのよっっっ。当たりなさいよっっっ」

「やだよ。当たったら、痛ぇじゃねーか」

「おまえなんか痛い目に遭えばいいのよっ。いいえ、むしろ、遭うべきだわ。遭いなさい。遭え。これは命令よっっっ」

わめきながら、手当たり次第に本を投げつけてやるけれど、一冊としてそれがレオニダスに命中することはなかった。本がなくなったので、はいていた靴を両方とも脱いで投げつけようとすると、無理やりその腕を押さえつけられる。アレクサンドラの両手から靴が落ちた。

「何よっっっ。離しなさいよっっっ。この野蛮人っっっ」

アレクサンドラは、レオニダスからのがれようとしたが、しかし、レオニダスの掌は大きくて、そして、その力はとても強くて、もがくことさえかなわない。

「まったく。気の強い女だな」

怒りも露《あらわ》にそう言うと、レオニダスはアレクサンドラの両方の手首を掴み、頭上でひとまとめにして、アレクサンドラの身体ごと引き上げた。

裸足《はだし》の踵《かかと》が床から浮き上がる。まるで、両方の手首を縛り上げられ、木にでもつるされているみたい。身動きもできず、苦しさに涙がにじむ。

それでも、アレクサンドラはレオニダスを睨むのをやめなかった。視線を逸《そ》らしたら負けのような気がしたからだが、ほんとうは、怖くて、目を離すことができなかっただけなのかもしれない。

言葉もなく睨み合っていたのは、いったい、どのくらいの間だったのか。

ふいに、レオニダスが表情を変えた。獰猛で凶暴な気配はそのままに、黒い瞳が、にやり、と笑み崩れる。

「この俺さまに向かって『野蛮人』だなどと言う女は、おまえでふたり目だ」

「……え……？　ふたり、め……？」

「ほんと、かわいげのない女だぜ」

――――でも、かわいげのない女も嫌いじゃない。

そんなふうに耳元でささやかれたような気がした。

けれども、確かめるより先に、ふわり、と身体が浮き上がる。

「えっ……!?」

気がついた時には、アレクサンドラはレオニダスの肩の上に担《かつ》ぎ上げられていた。

「ちょっと……！　何よ！　降ろしなさいよ!!」

あわてて手と足をバタつかせるけれど、がっちりと腰を掴んだ太い腕はびくともしない。

「バカっっっ。この野蛮人っっっ。聞いてるの？　降ろしなさいっ。降ろせっっっ」

わめきたてるアレクサンドラのことなどきれいさっぱり無視して、レオニダスがアレクサンドラを担いだまま歩き出す。

「ひぁっ……」

視界が揺れる。怖くなって、アレクサンドラは思わずレオニダスの肩にしがみついた。

広い肩は力強い筋肉に覆われていて、ほっそりとしたアレクサンドラの身体の重さなど苦《く》にもしていないようだ。ぴったりと密着した胸と腹からは、布越しにレオニダスの体温が伝わってくる。こんなに野蛮な男なのに、触れていると、あたたかい……。

出す。

「ディミトリオ！」

レオニダスが彼の副官を呼んだ。

「はい。なんでしょう？　将軍」

何事もなかったように答えるディミトリオに、レオニダスはよく通る大きな声で指示を出す。

「各国の王に手紙を出す。準備をしろ」

「了解しました。して、どのような内容で？」

それを聞いて、アレクサンドラは、レオニダスがシルワを征服したと宣言するつもりなのだろうと思った。しかし、レオニダスの口から出たのは、想像もしていなかったような言葉で……。

「黒の将軍レオニダスの結婚についてだ。俺は妻《めと》を娶ることにした」

それは唐突な話だったのだろう。レオニダスの副官も驚きを隠せない様子で声を上ずらせている。

「えっ!?　結婚!!　そりゃ、また、急ですね。将軍にそのようなお話があったなんて初耳ですよ」

答えるレオニダスの声はひどく楽しげだ。

「いや、だって、たった今決めた。というか、思いついたから」

「はあ……。それで……、お相手は……?」

何かを察したのか、おそるおそるディミトリオが聞く。

「そんなもん、決まってるだろうが」

「というと?」

「こいつだよ。この女。俺はシルワの第一王女アレクサンドラと結婚することにした」

「はあっ⁉」

今度は、アレクサンドラが驚きの声を上げる番だった。

「冗談じゃないわ! この野蛮人! 何を勝手に決めてるのよっっっ」

「なんだよ? 俺が相手じゃ不服《ふふく》か?」

「不服に決まってるでしょ! 誰があんたみたいな男と!」

「大丈夫。大丈夫。絶対満足させてやるから。俺に抱かれて満足しなかった女は、いまだかつて、ひとりもいないぜ」

本気? 本気なの? この男、そんなバカげたこと、真剣に考えてるの?

無理。無理無理無理無理。そんなの、ぜっっったい、無理‼

「いやよっ。いやっ。わたくしはおまえとなんか絶対に結婚しないわっっっ」

「あきらめろよ。もう決まったことじゃねーか」

決まった? いつ? どこで? 誰が決めたの? 少なくとも、アレクサンドラでないことだけは確かなはず。

(どうして、こんなことになってしまったの？)

　呆然とするアレクサンドラに、レオニダスが更におそろしいことを言う。

「ま、そうと決まったら行こうか。善は急げって言うしな」

「行く……？　どこへ……？」

　聞きたくない。その答えが怖い。でも、聞かずにいられない。

　うそぶくように、レオニダスが答えた。

「結婚した男と女が行くところっていったら決まってんだろ」

「……」

「というわけだから、おい。おまえら、しばらく邪魔すんなよ」

　レオニダスに言われて、レオニダスの部下たちは、拍手をしたり、口笛をしたり、はやしたてたりの大騒ぎ。

　しかし、アレクサンドラはそれどころではない。

「いやーっっっ。わたくしは結婚するなんて言った覚えはないわよっっっ。降ろしてっ。降ろしてぇーっっっ」

　結婚した男と女が行くところ。そこで、ふたりが何をするのか、アレクサンドラは書物で読んでよく知っていた。

（わたくしが？　この野蛮人と？）

そんなの、絶対『善』じゃない。


唖然としている間に東の塔から連れ出され、気がつけば、どこかの部屋の寝台の上。

ここは、たぶん、国王の一族――つまり、アレクサンドラの家族が居住している区域だろう。余っている部屋なのか、客のために用意されている部屋なのか、生活感のない部屋だったが、何年も東の塔に幽閉されていて、最近の王宮の様子など知るよしもないアレクサンドラには想像もつかなかった。

アレクサンドラは、まるで荷物のように投げ落とされた寝台の肌触りのいいリンネルの上をずるずると這《は》いずるようにして逃げを打った。しかし、乱れたドレスの裾《すそ》からのぞく足首を鷲掴みにされ、なんなく引きずり戻される。

「きゃあっっっ」

乱暴な仕草に、思わず悲鳴があふれた。たまらずきつく閉じた目をおそるおそる開いた時には、もう、大きな身体にのしかかられていて身動き一つできなくなっている。

「……離しなさい……」

震える声で、アレクサンドラは命じた。

「……わたくしに触れてもよいと許した覚えはありません……」

「許しなんか必要ない」

食《く》えない笑みと共に即答が返ってくる。

「おまえは、もう、俺の女だ。自分の女を抱くのに誰の許しがいる？」

直截な言葉に、頬と頭が、カッ、と熱くなった。

「わたくしはおまえと結婚する気はありません！」

「すぐにその気になるさ」

「誰がおまえなんかと！」

吐き捨てるように言葉を投げつけると、レオニダスは、さも楽しげに声を立てて笑い、それから、黒い瞳でじっとアレクサンドラを見つめながらささやく。

「魔女よ。これは取り引きだ」

「……取り引き……？」

警戒心たっぷりに、すぐ真上にある黒い瞳を見上げれば、甘い声が耳を撫でる。

「魔女アレクサンドラ。おまえはシルワの女王になりたくはないか？」

「女王……？」

「そうだ。俺がおまえを女王にしてやる。女王になって、おまえを『魔女』と呼び、塔に幽閉して、王女としてのおまえの人生を奪ったおまえの両親や兄妹たちに復讐したくはないか？」

　アレクサンドラが女王になる。

　それは突拍子《とつぴょうし》もない話だった。

　国王も、王妃も、王太子も、国を捨てて逃げた今、この城にいる王族はアレクサンドラだけだ。血筋という意味でなら、王の座に一番近い場所にいるのはアレクサンドラということになる。

　けれども、アレクサンドラは『魔女』だった。長く国民から恐れられてきた自分が、いきなり女王になったところで、果たして、うまく国を治められるものだろうか？

「心配することはない。面倒なことは全部俺が引き受けてやる。おまえは女王の座にふんぞり返っていればそれでいい」

「それで、おまえにはどんな得があるというのです？」

「得、ねぇ」

「わたくしを殺してしまうほうがよほど手っ取り早いわ。そうして、地図からシルワの名は消え、イグニス王は領土を拡大する。黒の将軍の働きに、イグニス王はさぞかしお喜びになることでしょうよ。たくさん褒美《ほうび》を出してくださるかもしれないわね」

　我ながら、皮肉たっぷりのかわいげのない言葉だ。今後こそレオニダスも怒り出すに違くなる。

いないと思ったのに、レオニダスの口元に浮かんだ笑みは、消えるどころか、むしろ、深

「残念ながら、イグニス王は何も知らねぇよ」

「知らない……？」

「ああ。シルワに侵攻したのは、イグニス王の命令を受けたからじゃない。俺が勝手にやったことだからな」

「なぜ、そんなことを……」

驚きに目を瞠るアレクサンドラに、レオニダスは小さく肩をすくめてみせた。

「退屈で死にそうだったんだよ」

「まさか、退屈しのぎにシルワに攻め入ろうとしたの？」

「ああ。ほかに適当なとこなかったし」

たったそれだけの理由で？　国王の命も受けずに？　シルワを攻めようとしたの？

「なんて自由奔放《ほんぽう》な……」

呆れた。呆れて言葉もない。要するに、自分が今こんな目に遭っているのは、すべてこの男の気まぐれということか。

唖然とするアレクサンドラに、レオニダスは更に腹立たしい言葉を突きつける。

「おまえの言うとおり、シルワの王族の血を根絶《ねだ》やしにして、シルワを滅亡させてもいい

んだが、そうやってイグニスの領土を増やしたって、あのオッサン喜ばすだけだと思うと、なんか、気持ちが萎《な》えるっていうか、なんていうか……」

ちなみに、『あのオッサン』とは、イグニス王のことだろう。

「あのオッサンのためには、今までたっぷりと働いてやったしなぁ。俺も、そろそろ別の楽しみ見つけたっていいんじゃねぇ？」

「それは……、イグニス王を裏切るということですか？」

硬い声でアレクサンドラは聞いた。

レオニダス麾下《きか》の兵士たちは、多くは傭兵の出身で、レオニダスの武勇を慕《した》って集まった、いわばレオニダスの私兵のようなものだ。レオニダスがイグニスを裏切るとひとこと言えば、彼らはその命になんの疑いも持たずレオニダスに従うのだろうが、だからといって、イグニス王がそれをあっさり許すとも思えなかった。

いくらレオニダスとその麾下の兵たちが強いといっても、イグニスとの全面対決となれば分が悪い。ましてや、イグニスと同盟を結んでいる別の国も参戦し、大軍で攻めてくるようなことがあれば、さすがにレオニダスだって……。

「いや。違う。これは裏切りではない」

けれども、レオニダスはあっけらかんとして言うのだ。

「だったら、なんなのです？」

「恋だよ。恋。恋の話」

「……は？」

恋？

「つまり、こういう筋書きだ。俺はシルワの王城で幽閉されていた王女アレクサンドラを助け出す。俺とアレクサンドラは恋に落ち、ふたりは結婚した。国王や王妃、王太子は、既に国を捨て去っていて、残った王族はアレクサンドラひとり。アレクサンドラは女王となり、国を治める。夫となった俺は、女王であるアレクサンドラを助け、以降シルワは繁栄《はんえい》した。イグニス王も、そんなふたりを祝福した。めでたし。めでたし」

「……どうしてそうなるの？」

「だって、古い物語では、塔に幽閉されているプリンセスは、救い出してくれた勇者と恋に落ちることに決まってるんだろ？　そして、幾多の困難を乗り越えたあと、愛し合うふたりは結ばれ、しあわせになるんだよ」

確かに、そうだ。だいたい、そうだ。

で、この場合、塔に幽閉されているプリンセスはアレクサンドラで、プリンセスを救い出した勇者はレオニダス。そして、ふたりは……。

恋に落ちる？？？？

「何、捏造《ねつぞう》してんのよっっっ。わたくしたち、恋になんて落ちてないじゃないのっっっ」

大いに憤慨《ふんがい》して、アレクサンドラは文句を言ったが、レオニダスは聞き入れない。

「まあまあまあ。そういうことにしておけば何かと都合がいいじゃないか」

「よくありませんっっっ」

「わがままだなぁ。何が気に入らないんだ？」

「わがままなのはどっちよっっっ」

ああ言えばこう言う。こっちの意見には耳を貸さない。ほんとうに、なんて面倒くさい男。

こんな男とは、

（絶っっっ対に、恋になんて落ちないわ！！！！！）

とにかく、お話にならない。こんな茶番にはつきあいきれない。

アレクサンドラはなんとかレオニダスの拘束《こうそく》からのがれようともがいた。けれども、リンネルに押さえつけられている両腕はぴくりとも動かない。

見上げた黒い瞳には暗い光が宿っていた。飢《う》えた獣の目に宿る光だ。アレクサンドラはライオンという生き物を書物でしか見たことはないけれど、きっと、そのような猛獣に襲われたらこんな心地がするに違いない。

（食べられる――――！）

思わずすくめた耳元に、熱い吐息が触れる。

「俺の子を産め。アレクサンドラ」

「ぁ……」

「女王の子は、やがて、王になる。俺の子が王になる。そして、俺は俺の国を手に入れる――」

「あ……」

レオニダスの手がドレスの襟元にかかった。いやな音をたてて薄い生地が裂ける。

「あぁっ……！」

抗《あらが》う暇《ひま》もなく、アレクサンドラが身にまとっていた黒いドレスは、下着ごと破かれ、ただの布着れになった。

露になる。雪よりも白く透き通る肌が。青く硬い果実のような乳房が。その頂にひっそりと息づく薔薇色の蕾《つぼみ》が。

レオニダスの視線が舐めるように皮膚を這《は》う。胸から、くぼんだ臍《へそ》へ。そして、その下の金色の淡い叢《くさむら》へ。

そうやって眼差しでアレクサンドラを丹念《たんねん》に蹂躪《じゅうりん》した黒い瞳は、アレクサンドラの碧の瞳まで戻ってくると、にやり、と笑み崩れる。

「ちっせぇ胸だな」

せせら笑うように言われて、カッ、と頭の中が熱くなった。

「うるさいっ。うるさいうるさいうるさいっっっ」

そりゃ、確かに、豊満《ほうまん》とは言い難い残念な胸だし、女の魅力に欠《か》ける身体であることは自覚しているけれど、だからって、人が気にしていることをそんなふうにあからさまに言うなんて、ひどい！　ひど過ぎる!!

思わず振り回した指先がレオニダスの頬をわずかにかすった。まるで猫にでも引っかかれたような傷痕《きずあと》ができた頬を押さえ、レオニダスが毒づく。

「かわいげがない上に凶暴な女だな」

「あ……」

「少し躾が必要か？」

怒りを含んだ眼差しを向けられ、アレクサンドラは思わずすくみ上がった。

殴られる、と思った。

か細く非力な自分は、どう足掻《あが》いたって力ではレオニダスにはかなわない。レオニダスの暴力が怖かった。本能的な恐怖に、今にも意識が途絶えてしまいそう……。

それでも、アレクサンドラは、勇気を振り絞り、震える唇を開く。

「……は…離し…なさい……」

「ああ？　なんだって？」

「……やめなさい、と忠告したのです……。わたくしに手を出したら、ただでは済みませんよ……」

精いっぱいの脅《おど》し。しかし、レオニダスはひるまない。むしろ、楽しげに問い返してくる。

「へぇ。ただでは済まないって、どうなるんだ？」

アレクサンドラは言い返した。

「わかってるの？　わたくしは魔女なのよ。おまえ、魔女の呪いが怖くないの？」

みんながアレクサンドラを恐れた。父も、母も、兄も、妹も、アレクサンドラを恐怖の眼差しで見た。魔女の呪いに恐怖して、誰もアレクサンドラには近づかなかった。

なのに、レオニダスは――――。

「魔女だろうが、なんだろうが、女は女だろ」

「……え……？」

「女は抱いてかわいがる。それだけだ」

言うが早いか、レオニダスの掌がアレクサンドラのほっそりとした両足を掴む。ありえないくらい大きく開かれて、アレクサンドラは羞恥に身をよじった。

「いやっ……。何するのよっっっ」

「何って、ナニに決まってんだろ」

下品な冗談を言って、レオニダスは開いた足の間に視線を落とす。

「あぁっ……」

見られている。誰にも見られたことのない――見せてはならない場所を、女として最も大切な場所を、レオニダスの冷酷な眼差しが暴《あば》き立てる。

たまらなく恥ずかしい。こんな辱《はずかし》めを受けたのは生まれて初めてだ。恥ずかしくて、恥ずかしくて、このまま消えてなくなりたい。レオニダスの視線が痛い。惨《みじ》めさのあまり、身体が内側から焼け落ちていきそう……。

アレクサンドラは、顔を背け、碧の瞳を、ぎゅっ、とつぶる。こんなことをしたって、レオニダスの視線から逃れられないのはわかっていたが、でも、自分の肌を検分するレオニダスの眼差しを目にしていたくない。

何かが、ふわり、と淡い繁《しげ》みをくすぐった。吐息だ。それから、なまあたたかく湿ったやわらかなものが触れてくる。舌だとすぐにわかった。固く閉じた乙女の秘密の扉をレオニダスが舌先でゆっくりとなぞっていく。

瞬間、ぞっ、とするような戦慄が背中を這い登って、アレクサンドラは身を震わせた。

「いやよっ……。いやっっっ。やめて……。やめて……」

おそろしさに涙が滲《にじ》む。

「お願い……。そんなこと、しないで……」

しかし、アレクサンドラの必死の哀願にも、レオニダスは耳を貸してくれない。

「大丈夫だって。すぐによくなる」

「そんなの嘘よ。この野蛮人！」

「嘘じゃないって。たいていの女は、こうしてやると、あんあん啼《な》いて悦《よろこ》ぶぜ」

「わたくしをそこいらあたりの下賤《げせん》な女と一緒にするな!!」

どんなにわめいても同じだった。

解放してくれるどころか、レオニダスの舌は次第に奥へと入り込んでくる。アレクサンドラのそこをゆるゆると濡らし、固く閉じた扉を押し開くようにくすぐり……。

やがて、そこが充分に濡れ、解れたと判断したら、次にレオニダスがどんな行動に移るつもりなのか、アレクサンドラにはわかっていた。経験はなくても、本では何度も読んだことがある。

レオニダスはアレクサンドラを犯すつもりなのだ。レオニダスの滾《たぎ》った男の証をアレクサンドラのそこに突き立て、純潔を奪う。

（どうして、そんなことをするの？）

慰《なぐさ》み者にするために？

違う。この男はわたくしと結婚すると言った。女王になれと、そして、俺の子を産めと。

それは、なぜ？

（ああ。そうよ……）

レオニダスは言ったはず。『女王の子は、やがて、王になる。俺の子が王になる。そして、俺は俺の国を手に入れる』と――――。

では、レオニダスが真に欲しているのは国なのだ。シルワでも、どこでもいい。自分の国。レオニダスの国。

もちろん、アレクサンドラを殺し、シルワを滅《ほろ》ぼして、レオニダス自身がこのまま国王になることは可能だろう。事実、シルワの初代国王であるヤロスラフだって、戦って、この地を奪い取ったのだから。

でも、それには多くの危険が伴《ともな》う。アレクサンドラの父や兄は、当然、王位の正当性を主張するだろうし、何より、イグニス王の怒りを買うことは避けられない。イグニスはアクイラのほかにもたくさんの国と同盟を結んでいる。もし、イグニス王が本気になってシルワに攻め入ってきたら、いくらレオニダスが好戦的で獰猛な男でも、勝ち目が薄いのは目に見えていた。

それよりも、女王の夫という地位を手に入れ、女王アレクサンドラを助けるという大義《たいぎ》名分《めいぶん》の下、権力を掌握する。のらりくらりと危険をかわしつつ、影の王としてシルワに君臨《くんりん》する。

なるほど。確かに、そのほうがいい。名よりも実を取る、まったくもって賢いやり口ではないか。卑怯で狡猾な黒の将軍に相応《ふさわ》しい……。

一瞬で、それだけのことに思い至って、アレクサンドラは息を飲んだ。

(この男、本気……なの?)

では、冗談でも戯言《ざれごと》でもなんでもなく、本気でアレクサンドラをシルワの女王の座に据《す》えるつもりなのか。

衝撃が胸を突き刺す。ゾッとした。イグニスの黒の将軍レオニダスがどういう男なのか、ようやくわかったような心地がする。

(なんて怖い男……)

目的のためにはどんな手段も厭《いと》わない。

(いやよ……)

身体の奥から叫びがあふれ出してきた。

この男がわたくしを妻にしようとしているのは、シルワの国を自分のものにするため。

わたくしを抱こうとしているのは、自分の血を引いた子をシルワの王とするため。

そして、わたくしは傀儡《かいらい》の女王となる。華やかに飾り立てられるだけで、なんの力も持たないレオニダスの人形となる。

(そんなの恋でもなんでもないわ……)

わたくしは、そんなこと、少しも望んではいない。

絶対に、いや――――!!

アレクサンドラは必死になって頭を働かせた。

力でレオニダスに敵《かな》わないのなら、なんとかして、口でレオニダスを説得しなくてはならない。この突拍子もない思いつきを撤回してくれるように、それができないなら、せめて、延期してくれるように、何かいい口実を見つけなくては……。

「待って……。お願い！　待って……！　わたくしの話を聞いて……！」

ついに、指をこじ入れられそうになって、アレクサンドラは悲鳴を上げた。

聞き入れてくれないかも、とも思ったが、レオニダスの動きが止まる。

「なんだよ？　つまんねぇ話ならあとにしろよ」

「つまらない話ではないわ。これは、おまえにとっても大変重要なことです」

レオニダスは、アレクサンドラの足の間から顔を上げると、碧の瞳をのぞき込む。もちろん、アレクサンドラが逃げられないよう、アレクサンドラの四肢《しし》はがっちりと押さえ込んだままで。

息苦しさに喘《あえ》ぎながらも、アレクサンドラはレオニダスの黒い瞳をじっと見て言った。

「おまえは大事なことを忘れています」

「はあ？　俺が何を忘れてるって？」

「わたくしは魔女なのよ。国民は魔女であるわたくしを恐れ忌《い》み嫌っています。わたくしが女王になったところで、国民は魔女には従おうとしないでしょう。すぐに暴動が起きますよ」

「どうだ?」という気分だった。いくら、レオニダスでも、これなら自分の思いつきを取り下げざるを得まい。

しかし、レオニダスは……。

「なんだ。そんなことか」

「え? 暴動よ。暴動。わたくしを『火あぶりしろー』とか言って、国民が城に押し寄せてくるかもしれないのよ」

「大丈夫。大丈夫。暴動なんぞ、武力で蹴散《けち》らすから」

「は?」

なんで、そんなに、あっさり?

「国民だってバカじゃない。魔女におびえてこの俺さまに逆らうよりもおとなしく言うことを聞いていたほうが楽だって、すぐに気づくさ」

「そ、そう、かしら……」

「そうそう。はい。これで、話は終わりだな」

どうしよう? 自分が国民には受け入れられない女王であると主張すれば、絶対、説得できると思っていたのに、こんなの計算外だ。

ほかに、何かいい案を探さなくては。早く。早く――。

焦るアレクサンドラを嘲笑うように、レオニダスの指先がまたアレクサンドラの秘密の場所に伸びてくる。

「話は済んだか？　済んだなら、続きを……」

あわててアレクサンドラは遮った。

「だから、お待ちなさいっ。待つのよ！　こら、待て！」

「えー？　なんでだよ？」

「話はまだ終わっていません」

「だったら、さっさと済ませろよ」

「だ、だから……、えっと……、その……」

一生懸命頭の中で言葉を探る。そう。上手に言わなくては。この狡猾な男も納得せざるをえないくらい、もっともらしく……。

「わ、わかったわ。わかりました……。おまえと、結婚、します」

そう告げると、レオニダスの瞳に笑みが浮かんだ。子供のような笑みだ。まるで、欲しがっていた玩具《おもちゃ》をようやく与えてもらえたような。

（この男、こんな顔もするのね……）

何か落ち着かない感じに胸のどこかがざわついた。喉元まで戸惑いがこみ上げて、一瞬、言葉に詰まる。

「ただし……、シルワでは、王族の婚姻《こんいん》には、教会の許可が必要なの……」

「ただし？　なんだ？　早く続きを言えよ」

「ただし……」

それは嘘ではない。それなくして正式な結婚とは言えない。

「立会人は教会がそうと認めた者がふたり必要です。その立会人の下、教会の定《さだ》めた儀式を終えて、ようやく、結婚は成立するのです。おまえのように、ただ『結婚した』と宣言するだけでは、その結婚は無効と言われても仕方ありません」

「ほんとかよ。面倒くせぇなぁ……」

「たとえ、面倒くさくても、必要な手順を踏まなくては、誰も、おまえをわたくしの夫とは認めてくれないでしょう。もしも、手順を踏む前にわたくしの純潔を奪うようなことがあれば、おまえは王女を無理やり犯した無法者《むほうもの》としてうしろ指を差されることになりますよ。そうなったら、わたくしを女王にし自分は女王の夫として国政を牛耳《ぎゅうじ》るというおまえの野望は潰《つい》えることになる。それでも、よろしくて？」

必死になって訴えると、レオニダスは黙り込んだ。

アレクサンドラは、ここぞとばかりに、まくしたてる。

「誰にも文句を言わせないようにするためには多少の時間と労力が必要です。今、それを惜《お》しんで、すべての野望を台なしにしてしまうのは得策ではありません」

レオニダスは、しばし考え込んでいたが、やがて、口元に笑みを浮かべ、こう言った。

「要するに、ちゃんと結婚するまでは『お預け』ってことか？」

勢い込んで、アレクサンドラはがくがくとうなずく。

「……そ、そう、ね……。そういうことよ」

「ちっ……。しょうがねぇなぁ……」

アレクサンドラの四肢を押さえ込んでいたレオニダスの力がゆるんだ。身体から重さが消え、息苦しさからも解放される。

「今すぐ結婚しようにも、シルワの教会の坊主は全員どっかに逃げちまったし、かといって、イグニスの教会に行くわけにもいかねーし」

ぼやくようにレオニダスがつぶやいた。

「まあ、いいか。とりあえず『婚約した』と言っておけば、イグニス王にも言い訳は立つか」

その言葉を聞いて、アレクサンドラはわずかに身体の力を抜く。

（よかった……）

イグニスの黒の将軍は思っていた以上に自分勝手で自由奔放な男だけれど、どうすれば自分にとって一番得か考える頭を持っている。彼のその計算高さを逆手《さかて》に取ることができればと思ったが、なんとかうまくいったみたいだ。

思わず安堵のため息をこぼすと、ふいに、大きな手に顎を掴まれる。

黒い瞳がじっとアレクサンドラを見下ろしていた。初めて見た時と同じ。底のない暗闇のような瞳……。

一度はたわんだ緊張感が、再び一気に高まる。先ほどまでよりも、もっと細くもっと鋭く張り詰めて、アレクサンドラを苛《さいな》む。

「約束したぞ。王女アレクサンドラ」

レオニダスが言った。

「俺はおまえをこの国の女王にしてやる。その代わり、おまえは、俺の妻となり、俺の子を産むんだ」

「……ぁ……」

「おまえがその約束を忘れないというのなら、正式な結婚をするまで、おまえの純潔は奪わないと俺も約束してやる」

レオニダスの手が離れた。

ぎし、と寝台が軋《きし》んで、レオニダスがアレクサンドラから離れる。

アレクサンドラは、寝台の上、震えながら、遠ざかる靴音を聞いていた。

言葉を弄《ろう》して、レオニダスを思いとどまらせたつもりでいた。

でも、ほんとうは、無茶な要求を飲まされたのは自分のほうだったのかもしれない。結局、レオニダスと結婚することを承諾させられてしまった。

まさか、あの男はこうなることを見越していたのだろうか？

（手玉に取られたのは、わたくし……？）

背中を、ゾク、と戦慄が走った。

ほんとうに怖い男だ。

黒の将軍レオニダス。

つくづく侮《あなど》れない――――。


翌日――――。

目が覚めた時には、もう、あたりはすっかり明るくなっていた。

見慣れない部屋に一瞬戸惑い、それから、アレクサンドラは思い出す。

（そうだわ……。わたくし……、東の塔から連れ出されたんだ……）

そして、ここに荷物のように担がれて連れてこられて、揚げ句、レオニダスに結婚を迫られた……。

レオニダスが去ったあと、しばらくは寝台の上にうずくまって震えていたけれど、どうやら、そのまま眠ってしまったらしい。

ため息をつきながら、アレクサンドラはリンネルの上で身じろぎをする。

全身がひどく重い。衝撃的なことがいっぺんにたくさん起こって、頭も身体もこの現実を処理しきれず悲鳴を上げているのだろう。

中でも、特に痛いのは喉《のど》だ。考えたら、誰かとあんなにしゃべったり、わめいたり、叫んだりしたのは、ほんとうに久しぶりのことだ。いつも最低限の言葉に一言か二言、それ以外は小さな独り言にしか使われることのなかったアレクサンドラの喉は、いきなり酷使《こくし》されて悲鳴を上げている。

のろのろと起き上がると、胸元から、はらり、と黒い布が落ちた。レオニダスに破られたドレスは、引き寄せれば辛《かろ》うじて身体を隠せるほどにしか残っていない。

再び、今度はさっきよりも大きなため息をこぼした時、寝台の傍《かたわ》らに別のドレスが用意されているのに気づいた。

おそらく、誰かが、あの東の塔からアレクサンドラの持ち物をここまで運んだのだろう。

ふだん使っている身の周りのものは、とりあえずそろえてあった。中には他人に——特に男には見られたくないようなものもあって、泣きたい気持ちになったけれど、すぐに、それは考えないことにする。

いやな気分やつらい気持ちって、一旦《いったん》心の中に入り込むと、更に、いやな気分やつらい気持ちを連れてくるようになる。まるで、どこか遠い場所から運ばれてきた一粒の種が畑いっぱいにはびこってたいせつな作物を駆逐《くちく》してしまうように、楽しい気分や明るい気持ちを食い潰す。

そうならないためには、いやな気分やつらい気持ちを心の中に必要以上に居座らせないようにするのが肝心《かんじん》。

それは、東の塔でひとり過ごすようになって、アレクサンドラが覚えたことの一つだ。

別のドレスと下着に着替え、髪を櫛《くし》で梳《す》き、寝台の下にそろえられていた靴をはく。昨日、レオニダスに投げつけようとした靴。

そのときのことを思い出した途端、ふいに、レオニダスのあの黒い眼差しが脳裏に明確に蘇《よみがえ》り、アレクサンドラは思わず身震いした。

レオニダス。おそろしい男。腹立たしい男。

なんとかしてあの男からのがれる方法を考えなくては。

(でも、あの狡猾な男をうまく出し抜く方法なんて簡単に見つかるのかしら?)

それでも、考えなければ。でなければ、あの男の妻にされてしまう。

傀儡《かいらい》の女王となり、あの男の野望の生贄《いけにえ》として生きるなんて、

「絶対に、いや――――」

自分を鼓舞《こぶ》するようにつぶやきながら立ち上がると、明かり取りの窓の向こうに、東の

塔が小さく見えた。

胸の奥に、さわ、と漣《さざなみ》が生まれる。

一生、あそこから出ることはかなわないかもしれないと覚悟していた。もしも、出ることができるとすれば、それは、自分が死んだ時だと思っていたのに、こんな形であそこを出ることになるなんて……。

今、あの塔ではなく、ここにいる自分のことがひどく不思議で仕方がなかった。

レオニダス。

あの男が、良くも悪くもアレクサンドラの運命の歯車を回したのだ。

胸の奥が更に波立った。揺れて、騒いで、大きく波紋《はもん》を広げる。

あの男は、いったい、どういう男なのだろう?

書物で読む限りでは卑怯で獰猛な男という印象だった。

実際に会ってみると、思っていた以上に、自分勝手で、自由奔放で。『普通』の規格からは完全に外《はず》れている。

アレクサンドラをシルワの女王にし、自分はその夫としてシルワの実権を手中に収めようなんて突拍子もないことを思いつくだけでもどうかと思うが、更に、それを即実行しようなんて。そんなの、大胆不敵を通り越して、既に無謀《むぼう》だ。百人いれば百人全部が「やめておけ」と忠告するだろう。

でも、レオニダスには、なぜか、それをほんとうにやってのけてしまいそうな雰囲気がある。レオニダスの部下たちもレオニダスには全幅《ぜんぷく》の信頼を置いているようだ。その証拠に、レオニダスの副官――ディミトリオといったか――をはじめ、彼の部下たちも誰ひとりとして彼に反対の意を唱《とな》えなかった。

なるほど。レオニダスは多くの兵を束《たば》ねる将軍としても優秀な男なのだ。

なんにしても、いまだかつて、レオニダスのように、短時間で、一介の傭兵からイグニスの将軍にまで上り詰めた者は誰ひとりとしていなかった。その腕力も、知力も、並外れて優れているのは確かなのだろう。

好戦的なのも、軍人であれば当然のこと。事実、戦場を選ばず戦い続けることによって、レオニダスは今の地位を得たのだ。

アレクサンドラは書物によって得たレオニダスへの印象をわずかながら修正した。

獰猛なのは確かだが、猪突猛進《ちょとつもうしん》ではない。卑怯なのは、人の心の微妙な襞を推《お》し量《はか》る術《すべ》に長《た》けているから。

レオニダスの中には大胆さと繊細さという両極端の性質が同じように存在している。イグニスの黒の将軍は、どうやら、思っていたのよりは、ずっと、複雑な内面を抱え持つ男らしい。

（それに……）

何よりも気になるのは、時々見せるあの眼差し。

どちらかといえば、レオニダスは陽性な男だ。よく通る声で軽口を叩き、周囲を笑わせ、鼓舞する、そんな気質に見える。

では、なぜ、そんな彼が、あのように底知れないほど暗い目をするのだろう。あの黒い瞳を見るたびに、闇に囚われた心地がして、身体が芯から震えてしまう……。

何かわけのわからない感じにもやもやする胸を持て余しながら、アレクサンドラは部屋を出る。

部屋の外にはレオニダス麾下の兵士がひとり立っていた。監視されていたのかと少しいやな気持ちになったが、その若い兵士は、アレクサンドラの顔を見るとにこにことうれしそうに笑って、レオニダスのところへ連れていってくれる。

正直、レオニダスの顔も見たくない気分だ。とはいえ、レオニダスの機嫌を損ねて無体な真似をされてもつまらない。多少は猫を被っておとなしくしておくほうが得策だろう。

レオニダスは、元は国王の執務室だった場所にいた。大きな机の上に、書類や、書物をいっぱいに広げ、難しそうな顔をしてそれらに視線を落としている。

何を読んでいるのかと気になって――というよりは、本好きの好奇心が先立って、アレクサンドラは傍らからレオニダスの手元を覗き込んだ。

レオニダスが見ているのは、ここ数年分のいろいろな報告書。各地の地勢を記《しる》した覚書《おぼえがき》。

シルワの歴史や最近に起こったできごとをまとめた書物、等々。

（意外だわ）

こういう面倒くさいことは部下にやらせて、自分は将軍の椅子にふんぞりかえっているんだろうと思っていたのに。

（それだけ本気だから？）

アレクサンドラを女王にし、自身が影の王としてシルワを統治するという無茶な思いつきを、ほんとうに実行するつもりなの？

戸惑いのあまり声もかけられずにいると、アレクサンドラに気づいて、レオニダスが顔を上げた。

「よう。よく寝てたな。もう昼だぞ」

満面の笑顔。

昨日、この男に、素肌を暴かれ、あらぬところを舐められたりさわられたりした揚げ句犯されそうになったことを思い出し、頬が、カッ、と熱くなった。アレクサンドラは、それを見られまいと、そっぽを向き、不機嫌な声で答える。

「おかげさまで」

レオニダスは、声を立てて笑い、それから、「ちょっと聞きたいんだけどよ」と言った。

「これ、なんて読むんだ？　セ…？　シ……？　カ……？　わかんねぇな」

指差された場所にはシルワの地名が記されていた。

「ああ。それはセーヴェルよ。北部に広がるシルワ最大の森です」

セーヴェルの森。アレクサンドラにとっても思い出深い場所だ。懐《なつ》かしさと、それとは裏腹な痛みとが、アレクサンドラの胸を行き交う。

そんなアレクサンドラの複雑な思いなど知るよしもなく、レオニダスは顔を上げアレクサンドラを見た。

「おまえ、読み書きは得意か？」

アレクサンドラは、つん、と胸を張り、答える。

「あたりまえでしょう。わたくしはシルワの王女なのですよ。王女として……」

必要な教育くらい受けています。

しかし、その言葉を全部言い終えないうちに、レオニダスの腕が伸びてきてアレクサンドラの細い腰を捕えた。

「きゃあっ！　何するの⁉」

気がつけば、椅子に座ったレオニダスの左の膝の上に座らされていた。逃げ出そうにも、腰をがっちり押さえられていて身動き一つできない。

「読んでくれよ」

吐息が触れそうなほどの至近距離でレオニダスが言った。

「俺は読み書きはあんまり得意じゃねぇんだ。というか、ぶっちゃけ苦手だ。おまえが得意だというのなら、声に出して読んでくれ」

「なんでわたくしが?」

「頼むよぉ」

拝《おが》み倒すような声。

「俺の部隊には読み書きの得意なヤツがいないんだ。シルワ王のとこの書記を使えばいいと思ってたんだが、国王と一緒に逃げやがって困ってんだよぉ」

この時代、文字は、ごくごく一握りの特権階級か、そうでなければ、修道院で特別の教育を受けた書字生のものだった。高位の貴族の中にも満足に読み書きができない者はたくさんいる。低い身分の傭兵だったレオニダスが読み書きが不自由だとしても当然のことだろう。いや、むしろ、文字が読めるというだけでも、それはかなりな努力の結果なのだろうと推測できる。

「……わ、わかったわ……」

仕方なく、アレクサンドラはうなずいた。

「読んであげます。だから、この手を離しなさい」

だが、レオニダスは……。

「え? なんで? このほうが、おまえも、俺も、よく見えるだろ」

それは、そうだが、確かに、そうだが、でも……。

戸惑っていると、レオニダスが耳元になにやら妖《あや》しげなささやきを吹き込む。

「それとも、こうしてると、俺のこと、意識しちゃうからいやなのか？」

「はあ⁉」

「俺に抱かれていると胸がドキドキして文字も追えない、っておまえが言うんなら、降ろしてやらないこともないけど」

「そんなわけないでしょ！」

思わず、言葉が口をついて出た。

「わたくしがおまえなんかに心を乱されるはずがないわ」

言ってしまったあとで『しまった』と思っても、もう遅い。

なんて笑われて、結局、この忌々しい体勢を許すことになる。

「じゃあ、なんの問題もないよな」

アレクサンドラは、悔《くや》しさに唇を噛みながら、なるべくレオニダスから身体を離すようにして机の上の書物に視線を落とした。

どうやら、レオニダスが今目を通していたのは、各地からの租税の報告書だったようだ。

シルワは国土の大部分が深い森に覆われているため、耕地面積は少なく、小麦や大麦は南部地方以外では満足に収穫できないが、その分、森の幸《さち》には恵まれていた。税として納められた豊かな森の恵みは、他国に輸出され、その金で小麦や大麦を買うことで、シルワの国は成り立ってきたわけだが……。

「あら……？　でも……、おかしいわね……」

アレクサンドラは、ここ数年分の租税の報告書を机の上に並べ、見比べて首を傾《かし》げた。

小麦や大麦の収量が、突然、がくん、と減っているのはわかる。これは、五年前に南部地方で起こった河川の氾濫《はんらん》のせいだろう。だが、五年経った今も収穫量が回復していないどころか、逆に、減っているのは、なぜ？

アレクサンドラは羊皮紙の上に指を滑らせた。

「ここを見て。五年前の大雨のせいで、このあたりの畑にはかなりの被害が出たの。それ以降、収穫量は下がりっぱなしだし、人も減っているわ。もしかしたら、農民が農地を捨てて、どこかに逃げ出しているのかもしれない」

「逃げるって、どこに行ってるんだ？」

「わからない。別の仕事がそう簡単に見つかるとも思えないし、どこかで流民《るみん》になっているのか、それとも……」

「……のたれ死んでいるか、か？」

アレクサンドラが言い澱んだ言葉を代りに口にして、レオニダスは鼻を鳴らす。

アレクサンドラは身を乗り出して別の報告書を手繰《たぐ》り寄せた。

例の大雨の被害に関して、国王が何か援助をしたという記録は、とりあえず、見当たらない。それどころか、被害のあと、収穫量は減っているのに、逆に税は重くなっているという有様《ありさま》だ。

おまけに、その税の使い道がよくわからないって、それ、どういうこと？

（なんていいかげんな……。これでちゃんとした国政だと言えるの？）

国民を捨てて逃げたと聞かされた時も唖然としたが、これは、もう、唖然を通り越している。我が父のことながら、憤《いきどお》りを禁じえない。

「……信じられないわ……」

思わずつぶやいた拍子に、ふと、自身の身体に違和感を感じて、アレクサンドラは我《われ》に帰った。

報告書に夢中になっていたからわからなかったけれど、なんだか、胸のあたりがむずむずする。あったかいような、くすぐったいような、変な痺《しび》れのようなものが、胸から立ち上り、身体の芯あたりにゆるゆると広がって……。

――――って……。

「ちょっと！　どこさわってるのよっっっ」

気がつけば、背後からアレクサンドラを抱き留めているレオニダスの片手が、アレクサンドラの乳房を包み揉みしだいていた。

アレクサンドラは、あわててレオニダスからのがれようと身をよじったが、もう一方の手で腰をきつく抱き寄せられ、身じろぎ一つできなくなる。

「なんだよ。おまえの胸があんまりちっせぇから、俺が揉んで大きくしてやってんだろ」

「余計なお世話ですっっっ」

「いいって。いいって。遠慮するなよ」

「遠慮なんかしてませんっっっ」

ああ、もう、この男ってば！　ほんと、ああ言えば、こう言う。ちっとも話が通じない。

どうにもならないまま身を強張らせていると、小さな胸を大きな掌いっぱいに掴まれ、こねくり回される。時折、指先が頂の薔薇色の部分をかすめ、わざとらしく擦っていくたびに、背中が、ぴくん、とわななくのが忌々《いまいま》しい。

「約束したはずよ」

泣きたい気持ちで、アレクサンドラは訴えた。

「正式に結婚するまではしないって」

だが、レオニダスは悪びれない。

「ああ。確かに、約束したな。結婚するまでおまえの純潔は奪わないと。でも、それまでおまえには触れないっていう約束はした覚えがない」

「そんな……」

「安心しろ。最後までやんなくったって愉しむ方法はいくらでもあるんだから」

知りたくない。そんな方法、実践しないでほしい。

片手が胸を弄《いじ》り、もう一方の手がドレスの裾《すそ》をたくし上げる。アレクサンドラの儚《はかな》い抵抗などものともせず、大きな掌は、太腿を撫で、その狭間に遠慮なく入り込んで……。

「あ……、いや……」

下着の上から敏感な部分を撫でられて、たまらず、アレクサンドラは伸び上がった。

「へぇ……。おまえ、濡れてるぜ」

レオニダスがひっそりと笑いをこぼすのが聞こえてくる。

「なんだよ。胸はちっせぇくせに、こっちは、もう、ちゃんと一人前の女の身体だな」

「嘘よ……。嘘……。嘘……」

「嘘なもんか。ほら……」

レオニダスの指が慎ましく閉じた入り口をなぞるように動くと、身体の奥から何かしっとりしたものがあふれてくるのが自分でもわかった。

アレクサンドラは思わず身震いする。女の身体とはそういうふうにして男を受け入れるのだという知識は書物で読んで知っていた。でも、知っていることと、実際に経験することの間には、とてつもなく大きな隔たりがあるのだ。

（こんなの、いや……）

戸惑いが身を引き裂く。自身の身体の思いも寄らない変化がおそろしい。

ふいに、背後で咳払いが聞こえた。

「あー……。えー……。将軍。ちょっとよろしいでしょうか」

呼びかけられて、レオニダスは、アレクサンドラを弄ぶ手を止め、のそりと振り向く。

「ディミトリオ。見たらわかるだろ。取り込み中だぞ」

「いや、それは、もう、重々承知してます。してますが、将軍、どうか、ひとこと言わせてくださいよ。お願いですから、そういうことは、もう少し場所をわきまえていただけませんかねぇ」

「なんだと？」

「そりゃ、まあ、そうやって、アレクサンドラさまと仲睦《なかむつ》まじくしてくださるほうが、人妻に岡惚《おかぼ》れして拉致《らち》したり、揚げ句激怒したその亭主に拷問《ごうもん》されそうになったりするよりは、ずっと、ずっと、マシですけど……。でもね」

と、ディミトリオ。

「さっきから兵たちが目のやり場に困っていますよ」

その言葉に、アレクサンドラは、ようやく、自分がどこにいたのかを思い出し、小さく悲鳴を上げた。

そうだった。あたりには、レオニダスの部下たちがいたのだった。ということは、レオニダスに胸を揉まれたり、足の間を撫でられたりしているところを、みんなに見られてしまったってことだ。そればかりか、「濡れてる」なんて言われてるのも、聞かれちゃったわけで……。

（恥ずかしい……！）

こんなに恥ずかしい思いをしたのは生まれて初めてだ。あまりの恥ずかしさに、頭の芯が、カッ、と痺れたようになる。顔も、耳も、きっと、真っ赤だ。どこもかしこもが、熱でも持ってるみたいに熱い。

「もう、いやっっっ」

夢中で広い胸を突き飛ばし、レオニダスの膝の上から飛び降りる。

一刻も早くこの場から逃げ出したかった。レオニダス麾下の兵士たちが、いったい、どんな目で自分を見てるのかと想像するだけでも身震いがする。

アレクサンドラはうしろも見ないで駆け出した。

一歩、二歩、三歩……。

そして――――。

四歩めで、派手に転んだ。

「ぎゃっ」

一瞬、時間が止まったみたいに、あたりが静まりかえる。視線が痛い。つぶれた蛙《かえる》みたいにひっくり返っているアレクサンドラをみんなが見ている。

次の瞬間、レオニダスが盛大に噴き出した。

「ぶっ……。おま……、それ、サイコー……」

それって、笑い過ぎじゃないのかと言いたくなるほど、レオニダスは遠慮会釈《えしゃく》なく高笑いを続けている。

アレクサンドラは床に這いつくばったままレオニダスの笑い声を聞いていた。

恥ずかしい。顔も上げられない。なんという、屈辱。

だけど、あの東の塔の狭い部屋で暮らしていれば、走るどころか速足になる必要もない。アレクサンドラの両足が走り方をすっかり忘れてしまったとしても、しょうがないじゃないか。

「ううう……」

悔しさのあまり、唇を噛み締めていると、ふいに、背後から両脇に手を入れられ、抱き起こされた。

「ふぇ……」

レオニダスは、アレクサンドラを軽々と抱き上げ、床の上にそっと立たせる。

思わず盗み見たレオニダスの目は笑っている。子供みたいに無邪気な黒い瞳。こうしていると、この瞳のどこにあんな暗闇が潜んでいるのかと不思議になる。

「ディミトリオ」

レオニダスが副官の名前を呼んだ。

「はい。なんでしょう？」

「女には女の持ち物が必要だ。こいつに聞いて、必要なものを手配してやれ」

「はいはい。合点承知」

「ああ。服も忘れるなよ。ただでさえ色気がないんだから、せめて、服くらい、もう少しましなものに着替えさせろ」

それを聞いて、アレクサンドラはすぐに反論した。

「色気なんかなくてけっこうよ。わたくしは黒い服しか着ません」

「なんで？」

それは、黒が魔女には似合いの色だからだ。

しかし、そうと口にするのは、なぜだか憚《はばか》られて、別の言葉をレオニダスに投げつける。

「おまえだって黒ずくめじゃないの」

「俺はいいんだよ」

レオニダスが薄く笑った。

「黒い服は血を吸っても目立たないからな。戦場でも手負《てお》いだとバレにくい」

「あ……」

確かに、そのとおりだ。傷を負っていると敵に知られることは、それだけ敵の士気《しき》を上げることにつながる。それが将軍ならば、尚更だ。

たぶん、今目の前にいるこの男は、今まで幾多の傷や痛みをそうやって黒い服の下に隠して戦ってきたのだろう。

強靭《きょうじん》な男なのだ。その肉体も。精神も。

「わたくしは……」

何か言いたいのに、何を言っていいのかわからない。

戸惑うアレクサンドラの碧の瞳をのぞき込み、レオニダスは、口元に、にやり、と笑みを浮かべる。

「着飾って男の目を楽しませるのは女の義務だ」

「はあ?」

「貧相《ひんそう》な胸は貧相な胸なりに、俺を楽しませろよ」

「絶っっっっっ対に、イ・ヤ・で・す!!!!!」

アレクサンドラは、きっぱりと宣言して、踵《きびす》を返した。

ディミトリオがさりげなくついてくるけれど、必死になって笑いを噛み殺しているのがありありとわかってしまうのが忌々しい。

ほんとうに、腹が立つ。

った。

（貧相な胸で悪かったわよっっっ）

無言のまま憤《いきどお》っていると、ようやく笑いの発作から解放されたのか、ディミトリオが言った。

「し、失礼しました……」

アレクサンドラは答える。

「そうね。確かに、失礼だわ」

「でも、あんなに楽しそうな将軍を見ることは滅多《めった》にないので」

「楽しそう……？」

それは、要するに、あれか。アレクサンドラを、弄《いじ》って、いたぶって、楽しんでいるということか。

アレクサンドラがいっそう不機嫌な表情になったのに気づいたのか、ディミトリオはとりなすように微笑む。

「将軍は陛下のことがかわいくてたまらないんですよ」

「……そうかしら？」

「正直、将軍は女には手が早い人です。その将軍が、結婚まで『お預け』くらっても黙ってるのは、やっぱり、それだけ、陛下のお気持ちをたいせつに考えているからなんじゃないかと……」

その言葉に、アレクサンドラは耳を塞《ふさ》ぎたい気分になった。

聞かれていたのは知っていたけれど、そんなふうに口にされると余計にこたえる。

結婚まで『お預け』って、それじゃ、なんだか、わたくしのほうが悪いことをしているみたいじゃないの――。

「なんにしても」

と、ディミトリオ。

「俺からも釘を刺しておきますよ。あんまりやり過ぎると嫌われちゃいますよ、って」

「大丈夫よ」

アレクサンドラは答えた。

「既にこれ以上ないってくらい嫌いだから」

冗談だと思ったのか、ディミトリオは小さく声を立てて笑った。

(本気なんですけど……)

心の中でため息をつきつつ、アレクサンドラは別の質問をディミトリオに向ける。

「話は変わりますが……、なぜ、わたくしのことを『陛下』と呼ぶの?」

先ほどから、ディミトリオはアレクサンドラのことを『陛下』と呼んでいる。アレクサンドラに対して使う言葉としては不適切で、違和感は尋常《じんじょう》ではなかったが、しかし、ディミトリオはなんでもないことのようにあっけらかんとして答えた。

「だって、あなたは我々の女王になる人だから」

アレクサンドラは、更に深いため息をつきたい気持ちになる。

「戴冠式もまだ済んでいないのに？」

「でも、将軍が決めたことですから」

「あなたは、あの男の世迷言《よまいごと》を信じているの？」

「将軍は、やると言ったことは、ほんとうにやる人です。だから、あなたは必ず女王になる。我々は、既に、シルワの女王に仕える兵士です」

さすがに、驚きを禁じえなかった。

（まあ……。たいそうな忠誠心だこと……）

兵士たちにここまで慕われるほどの魅力が、あの男のいったいどこにあるのだろう？

どこか不思議な思いに囚われながら、アレクサンドラはディミトリオの灰色がかった水色の瞳を見上げた。

「それで……？」

「あなた自身はどうなの？　ディミトリオ。わたくしがあなたの女王になることに対して、あなたは何も思うことはないの？」

ディミトリオが、女好きのする甘い顔に、ふわり、と笑みを浮かべる。初めて、この男の顔を見たような気がした。

「俺は、もちろん、大歓迎ですよ」

「ほんとうかしら？」

「当然です。イグニス王みたいなむさ苦しいオジさんに仕えるより、あなたのように可憐《かれん》で愛らしい女王に仕えるほうが、千倍も一万倍も楽しいに決まってる」

可憐で、愛らしい。

お世辞《せじ》とわかっていても、少し、うれしかった。

だって、誰かさんは『貧相』とか『色気がない』とかしか言わないし――――。

脳裏をよぎった黒い瞳の男を急いで頭の中から叩き出しながら、アレクサンドラはディミトリオに少しいたずらっぽい笑みを向けた。

「ディミトリオって口が上手ね。いつも、そうやって女の人を口説いてるんでしょう？」

しかし、ディミトリオは、一本立てた人差し指を横に振ってうそぶく。

「まさか。俺は将軍とは違います」

「あら。ほんとかしら？」

「ほんとです。女を口説くのは将軍。俺は口説かれるほう専門ですよ」

「まあ」

要するに、それだけもてるって言いたいわけね。

「将軍が将軍なら、副官も副官ですこと」

呆れてそう言うと、ディミトリオが声を立てて笑った。

「とにかく、『陛下』はよしてください。なんだか落ち着かないわ」

何か言われるかと思ったが、その言葉にディミトリオはあっさりとうなずいた。

「では、なんとお呼びしましょう？　やっぱり、『奥さま』ですかね」

「却下《きゃっか》よ」

仕方なく約束はしたけれど、でも、まだ、あの男と結婚することを納得したわけではないのだから。

少しだけ考えて、アレクサンドラは言った。

「そうね。名前で呼んでください」

「えっと……、アレクサンドラ姫？」

「アレクサンドラでいいわ。皆にも、わたくしのことはそう呼ぶよう伝えてください」

「わかりました。アレクサンドラさま」

ディミトリオの言葉にうなずいた時、ふいに、風を感じた。

回廊を軽やかに吹き抜けていくそよ風に頬を撫でられながら、アレクサンドラは胸の奥に何かざわざわするような違和感を覚え、うつむく。

前に、こんなふうに外の風を感じたのは、いったい、どのくらい昔のことだろう？

そういえば、名前を呼ばれるのも久しぶりだ――。

レオニダスが手始めに行ったことは、まず、国内の、どこに、どれだけ人がいるか調べることだった。

それから、耕地《こうち》がどのくらいあるか、そこから何がどれだけ収穫できるのか、また、森や川から採取できるものがあるのかどうか、ほかに産業として成り立ちそうなものがあるのかどうか……。

そのたびに、自分の名前で出されるふれの数々を、アレクサンドラは戦々恐々《せんせんきょうきょう》として見守っている。

戴冠式が終わるまでは絶対にいやだと抵抗した甲斐《かい》あって、今のところ、なんとか『女王』を名乗ることだけはまぬがれているものの、レオニダスは、既に、アレクサンドラがシルワの女王となること、そして、レオニダスとアレクサンドラが婚約したことを記《しる》した手紙を各国の王に送っていた。もちろん、文字を読めない国民に向けて同じ内容のふれが国内にもくまなく出されている。

なんだか、どんどん逃げ道をふさがれているみたい。いつしか、レオニダスの罠に、すっかり、はまっていっているような気が……。

「だめよ。弱気になっちゃ」

アレクサンドラは自分に言い聞かせるようにつぶやいた。

あんな男の言いなりになっちゃだめ。世の中には思い通りにならないこともあるんだって、あの傲慢な男に思い知らせてやるのよ。

決意を新たにしつつも、アレクサンドラは回廊から外へと足を踏み出す。

ここのところ、レオニダスはずっと執務室にこもってばかりいた。調べものをしたり、各地に指示を出したり、返ってきた報告書に目を通したり。そういった作業は、朝から晩までやっても、少しもはかどらないのが常《つね》なのだ。

そして、レオニダスが執務室にいる時はアレクサンドラも同席しなくてはならないことになっている。それは、アレクサンドラの意志というよりは、同席しないとレオニダスが「そばにいろ」とうるさいせいだ。仕方がないので、アレクサンドラは、レオニダスに強要されるままにレオニダスの作業を手伝っているが、でも、今日、レオニダスは久しぶりに外へ出て兵士たちの訓練をするという。

ということは、今日は一日、狭い部屋でレオニダスと顔を突き合わせている必要もないということで――――。

開放感が指の先まで染み渡る。なんだか足取りが軽い。吸い込む空気さえ、いつもの何倍もさわやかに感じる。

「気持ちいい……」

思わずそんなつぶやきさえこぼしながら何年かぶりに歩く庭は、アレクサンドラが知っていた庭園とは少し変わっていた。父である国王も、母である王妃も、特別園芸に関心があるほうではなかったせいか、あちらこちらで雑草が生《お》い茂っている。

それでも、昔と同じ場所に、少しだけ大きくなった菩提樹《ぼだいじゅ》の梢《こずえ》を見つけた時には、少しだけ、胸が締め付けられるような気がした
この痛みはなんだろう？ 懐かしさ？ それとも、もう二度と見ることもないかもしれないと思っていたものを再び目にしたことへの感慨？

曖昧《あいまい》な思いを持て余したまま、菩提樹の梢から視線を戻すと、向こうで兵士たちが集まっているのが目に入った。

遠目でわかりにくいが、たぶん、一番奥でひとりだけ椅子に座って腕組みをしているのがレオニダスだろう。陽光の下、黒ずくめの衣装が一際《ひときわ》目を引く。

「まあ。随分と偉《えら》そうだこと」

アレクサンドラは、小さくつぶやいて、それから、こちらに気づいていないのをいいことに、不躾《ぶしつけ》とも言える視線でレオニダスの様子を観察しながらあれこれ考える。

今のところ、レオニダスがシルワの国内で行っていることは、すべて、妥当といえば妥当過ぎるものばかりだ。国を治めるためには、まず、現在の国の状態を正しく知る必要が

ある。もしも、女王としてアレクサンドラが何かをしようとしたらこれと同じことをするだろう。

将軍としてのレオニダスは、野蛮で、残忍で、獰猛な男として名を馳《は》せている。ついでに、女好きで、下半身は無節操極《むせっそうきわ》まりない。

まるで、本能に従って生きる野獣のような男。

なのに、こんな堅実な部分も隠し持っていたなんて、ちょっと——いや、かなり、意外だ。

(そんなの、ズルいわ)

レオニダスのくせに。

なんだか、許せない——。

ふいに、兵士たちの間で悲鳴が上がった。

さっきまで剣を振るっていた兵士のひとりが倒れてうずくまっている。よくよく目をこらしてみると、兵士の足から血が流れていた。たぶん、相手の剣を受け損《そこ》なって、怪我をしてしまったのだろう。

兵士たちが心配そうに倒れた兵士の周囲を囲んでいる。

レオニダスはといえば、やっぱり、椅子にふんぞり返ったままで……。

(まあ。しょうがない男ね。部下が怪我をしたんだから心配くらいしなさいよ)

憤りにかられて、アレクサンドラはあたりを見回した。

(たしか、このあたりにはあれがあったはず……)

すぐに目的のものを発見して、それを一掴《ひとつか》み手折《たお》ってから、倒れている兵士に近寄る。

アレクサンドラの姿を認めて、兵士たちが左右に分かれ、道を作った。まるで、モーゼの十戒みたいだわ、なんて考えながら、兵士のそばにひざまずくと、ようやくレオニダスが重い腰を上げて近づいてきた。

「よう。アレクサンドラ」

レオニダスのことはきっぱり無視して、アレクサンドラは傷ついた兵士の足に手を伸ばす。見れば、まだ年若い兵士だ。たぶん、アレクサンドラよりも年下だろう。苦しそうに眉をしかめている。

アレクサンドラは、兵士の足をむき出しにして傷の様子を調べた。出血は多いが、傷はそんなに深くない。骨にも異常はなさそうだ。

「包帯にする清潔なリンネルを持ってきてちょうだい」

声を張り上げると、すぐに望んだものが届けられた。

アレクサンドラは、庭の片隅で摘んできた植物を兵士の傷口に押し当て、それからリンネルの布をそっと巻きつける。

「これはヤロウよ」

「……ヤロウ……？」

「そうよ。傷に効《き》くの。こうしておけば、すぐに血も止まるわ」

アレクサンドラの言葉に兵士たちは顔を見合わせている。まさか、そこいらあたりにいくらでも生えているこんな草が傷に効くなんてと、彼らの表情が言っている。

かまわず、アレクサンドラは続けた。

「もしも、腫《は》れて熱を持つようなら、上から濡らした布を当てて冷やすといいわ。眠れないくらい痛んだら、眠れるお茶をあげますから言いなさい」

傷ついた若い兵士は、がくがくとうなずくことも忘れたように、アレクサンドラの顔を、ぽかん、と見ている。ほかの兵士たちも同じだ。

以前も見た。こんな顔。魔女を見る、人々の眼差し……。

浅いため息は、そっと、胸の奥でこぼして、アレクサンドラは立ち上がる。そのまま、踵《きびす》を返し、兵士たちに背中を向けて歩き出すと、うしろから無遠慮な足音が近づいてきた。

「さすがだな。魔女の名は伊達《だて》じゃない」

レオニダスだ。

「訓練中ではないの？」

勝手に放り出してきていいのかと言外に厭味《いやみ》を言ってやると、すぐに、あっけらかんと答えが返ってくる。

「いいんだよ。ほんとは、俺がいてもいなくてもおんなじだし」

「職務怠慢《たいまん》な将軍さまですこと」

「それだけ兵たちが優秀ってことだよ」

ああ言えば、こう言う。やっぱり、かわいくない。

（ほんと、腹の立つ男ね）

思いながら、速足になってずんずん歩いていくと、懲《こ》りない男がすぐに追いついてきて隣で言った。

「どこに行くんだ？」

更に速足になっても、レオニダスはなんなくついてくる。なんとか振り切ろうとして、なかば駆け足になった途端、足がもつれ……。

（だめっ。また、転んじゃう……！）

アレクサンドラは覚悟したが、思っていたような衝撃はやってこなかった。おそるおそる目を開ければ、背中からたくましい腕に抱きかかえられ、身体が宙に浮いている。

「まったく……、おまえはトロくさいなぁ」

呆れたようにレオニダスが言うのが耳元で聞こえた。

「うるさいうるさいうるさい」

「それで？　どこへ行くんだ？」

「いいから、離せ!!」

「どーこーへー行ーくーんーだー?」

しつこく聞かれて、アレクサンドラは押し黙る。

そのまま沈黙が続くこと数十秒。結局我慢できなかったのは、アレクサンドラのほうで。

「……ハーブ園……」

ぼそっと答えると、ようやく身体を下ろしてもらえた。

「ハーブ園?」

「昔、東の塔に幽閉《ゆうへい》される前に、わたくしが作ったのよ。さっきの兵士が、もし、痛くて眠れないと言ってきた時のために、よい眠りを助けるお茶を用意しておかなくちゃ」

レオニダスが感心したような声を上げる。

「へぇ……。すごいな。そんなこともできるのか」

「もっとも、ハーブ園がまだ残っていればの話だけど……」

言いながら、アレクサンドラは今度は先ほどとは打って変わったゆっくりとした足取りで歩き出した。レオニダスは、当然のように隣を歩いている。

アレクサンドラのハーブ園は、庭の一番はずれ、にわとこの木の繁《しげ》みの向こうの目立たない場所にあった。

思ったとおり、荒れ果てて、見る影もない。それでも、生い茂った雑草をかき分けていくと、中には、使えそうなハーブがいくつか細々《ほそぼそ》と生き残っていた。

アレクサンドラは、その中から、ラベンダーやカモマイル、メリッサなどを、少しずつ、丁寧に摘《つ》み取る。

「こんな草がほんとうに効くのか？」

アレクサンドラの手元をのぞき込んでいたレオニダスが半信半疑の面持《おもも》ちで言った。

「魔女の魔法を信じなさい」

「ほんとうなら、確かに、すごい魔法だな」

その言葉は、アレクサンドラの胸の奥に巣食《すく》う痛みの中に、するり、と忍び込んでくる。

ゆるゆると揺さぶれ、波紋《はもん》のように生まれた動揺が、アレクサンドラにその問いを口にさせる。

「おまえは魔女が怖くないの？」

一瞬、レオニダスは、小さく眉を寄せ、それから、爽快《そうかい》に笑った。

「怖い？　なぜ、俺がおまえみたいな小娘を怖がらなくちゃならない？」

「だって……！」

アレクサンドラは、思わず声を荒《あら》げる。

「だって……、わたくしは魔女ですもの……。みんな、わたくしを恐れたわ……。父も、母も、兄も、妹も……。なのに、おまえは、わたくしがおそろしくないの？」

「おまえはどうなんだ?」

逆に、問い返されて、アレクサンドラは押し黙る。

レオニダスの声は静かだった。

「おまえ自身は、自分のことをおそろしい魔女だと思っているのか?」

違う。

そう言いたかった。

わたくしは、誰のことも呪わない。第一、そんな力もない。

けれども、魔女と呼ばれ、忌《い》み嫌われてきた日々が、そう口にすることをためらわせる。

みんなが私のことを魔女だと言うのだから、きっと、わたくしは、ほんとうに魔女なんだわ。たとえ、誰に害をなすわけでなくても、魔女は魔女であるだけで罪なんだわ。

長い月日をかけて心の中に降り積もっていったそんなあきらめが、アレクサンドラから言葉を奪う。

「おまえだって、生まれた時から魔女だったわけじゃないんだろう?」

レオニダスの声はとても静かだった。

「知っているの? わたくしがなぜ魔女と呼ばれるようになったのか、その理由を」

「どうだろう? 俺が知っているのは噂だけだ。おまえの口から直接聞いたわけではないし、それが真実かどうか俺にはわからない」

思わず、視線を向けると、レオニダスの黒い瞳はわずかに揺らぐこともなくじっとアレクサンドラを見据えている。

なぜだか目を逸らせない。吸い寄せられるように、あの黒い瞳に視線を奪われていく。

もぎ離すには、かなり強い意志の力が必要だった。

アレクサンドラは、立ち上がり、足元に視線を落として小さくつぶやくように言葉を紡《つむ》ぐ。

「わたくしが魔女になったのは十一歳の時よ……」

幼い頃は、アレクサンドラも、兄や妹と同じように、両親や家臣たちの深い愛情に包まれていた。シルワの第一王女として、何不自由なく育てられていた。

けれども……。

「もうすぐ十二歳の誕生日を迎えようかという頃だったわ。わたくしは突然病《やまい》にかかってしまったの。生死の境を彷徨《さまよ》うほどの重い熱病よ」

レオニダスは何も口を挟まない。ただ、黙ってアレクサンドラが言うことに耳を傾けている。その気配を感じ取ったアレクサンドラは、何かに導かれるようにして話の続きを始めた。

「何日も高い熱が続いたわ。食事はもちろんいっさいできないし、水を飲む力さえも弱くなって、王室付きの薬師は言ったの。『あとは、もう、死を待つしかない』って。悲嘆《ひたん》に暮れた父と母は、最後の手段に望みを託《たく》すことにしたのよ」

「最後の手段?」

「ええ。それは禁断の手段でもあったの」

本来であれば、決して使ってはならない手段……。

「その頃、セーヴェルの森の奥にひとりの老婆が住んでいたのよ」

「セーヴェルの森? ……って、ああ。北部地方にあるシルワ最大の森か」

「そうよ。その老婆は病に効く薬草について誰よりもよく知っているともっぱらの噂だったの。それは、その老婆が、古き民《たみ》の末裔《まつえい》で、今は失われた古き民の知識を受け継いでいるからだと言う者もいるけれど、ほんとうのところは定《さだ》かではないわ。確かなのは、その老婆が、皆から『魔女』と呼ばれ、恐れられ、忌み嫌われていたこと。普段はこの老婆の許を訪れる者は誰もいないこと。そして、もう助からないと宣告された者が最後に頼れるのは、結局、この老婆のところしかないこと……」

「それで、おまえもその魔女のところに連れていかれたのか?」

レオニダスの質問に、アレクサンドラは小さくうなずく。

「そうよ。誰にも見られないよう人目を忍んで、ね」

「勝手だな。普段は忌み嫌っておいて、困った時には利用する。セーヴェルの森の魔女は、よく助けてくれたな」

「仕方がないねって、誰だって自分が理解できないことには恐れをいだくものだからねって、そう言ってたわ」

「それは、まあ、そうかもしれないが……」

「それに、彼女は、自分を蔑《ないがし》ろにした人を恨んだり、自分の知識を人に分け与えたりすることを惜《お》しむような人ではなかったの」

魔女として生きるのが自分の務めだというのなら、その勤めを淡々と果たしていくだけだと、そんなふうに考えていたような気がする。

「とにかく、今にも事切れそうなわたくしを見て、セーヴェルの森の魔女は言ったそうよ。『これは、助からないかもしれないねぇ』って」

「重症だったんだな」

「それでも、セーヴェルの森の魔女は、わたくしを見捨てることなく、何日もの間、つきっきりで献身的に看病をしてくれたの。その甲斐あって、わたくしは一命を取り留めることができたのよ」

老婆の治療は、たとえば、熱が出たら身体に冷たい水を浴びせかけて疫病を追い出す、といった王室付きの薬師が施す通常の治療とは違っていた。

熱が高い時は身体を冷やし、少し下がってきたらあたためる。汗をかいたら、下着やリンネルは取り替え、清潔を心がける。

併せて一日に何度も飲まされるハーブを煮出した薬湯は苦くて、無理やり飲まされるのがつらい時もあったけれど、やがて、少しずつ身体が楽になってくると、その効果もはっきりとわかるようになった。カモマイルは身体がほかほかしてくるし、ミントは喉の痛みをやわらげてくれる。メリッサで香りを付けた水は、ただの水よりも飲みやすく、熱が高い時でもすっと喉を通った。

「病がよくなる頃には、わたくしの心にはセーヴェルの森の魔女に対する深い尊敬が生まれていた。わたくしも彼女のような知識が欲しいと思った」

目を閉じれば、『あれは何?』『これは何?』と質問攻めにするたびに、『うるさい子だねぇ』と辟易《へきえき》しながらも答えてくれたセーヴェルの森の魔女の穏やかな声が、今でも耳の奥で聞こえるようだ。

「やがて、わたくしが、セーヴェルの森の魔女のハーブ園に整然と並んでいる植物の名前と効能を全部覚えた頃、彼女は一冊の本を差し出してこう言ったの。『この本をおまえにあげよう』って。『これは、私のお祖母さんのお祖母さんのそのまたお祖母さんより前から伝わってきたハーブの図鑑だよ。これを見て勉強するといい』って」

それは古びた本だった。取れかかった表紙をおそるおそる開くと、中には、植物の絵がたくさん書いてあって、その横に、名前と、その特徴が書かれていた。

「私は戸惑ったわ。受け取っていいのかわからなかった。でも、セーヴェルの森の魔女は言ったの。自分が死んでしまったら、今まで伝えてきたこの知識も死んでしまう。だから、わたくしに託したい。この本に記された知識をわたくしに守ってほしい。そんなふうに懇願されたら、わたくしも、もう、本を受け取るしかなかった……」

それからは、毎日、毎日、その本を貪《むさぼ》るように読んだ。何度も何度も読んで、内容は全部暗記している。今でも、その本はアレクサンドラの宝物だ。魔女の本として捨てられたりしないよう、東の塔の書庫の片隅にこっそりと隠してある。本を隠すなら本の中。あそこなら、誰にもみつからない。

「奇跡のように元気になったわたくしを、最初は、父も、母も、喜んで迎え入れてくれたわ。わたくしも生まれ育ったこの城に戻ってくることができてうれしかった。でも……」

アレクサンドラは、思わず、言葉を詰まらせる。あの頃のつらい気持ちがよみがえってくる。

「ある日、わたくしは気づいてしまったの。みんながわたくしを見る目が、病気になる前とはどこか違っていることに……」

セーヴェルの森の魔女からもらった本を読んでいる時、その本を頼りに役に立つ植物を捜し歩いている時、庭のはずれにセーヴェルの森の魔女のハーブ園を真似てハーブを植えている時、アレクサンドラを見る人々の眼差しは一様《いちよう》によそよそしくて……。

「それが決定的になったのは、妹がわたくしと同じ病気になった時よ」

「妹……。というと、第二王女のエレナ姫か」

「そう。妹も熱が高くて、少しもよくならなくて、だから、わたくし、セーヴェルの森の魔女がわたくしにしてくれたことを思い出して、同じことをエレナにもしたの」

それは、今までシルワの王宮で常識とされていたこととは随分違っていたけれど、そんなことは、アレクサンドラにはどうでもいいことだった。ただ、エレナを助けたかった。苦しんでいる幼い妹を楽にしてやりたいという、その一心だった。

「やがて、熱も下がり、妹の病気はよくなったの。でも、その時には、もう、父や母はわたくしのほうをまともに見ようともしなかったわ。母は言ったの。『アレクサンドラは魔女になってしまった』って。『魔女なんかに預けたから、あの子まで魔女になってしまった。こんなことになるくらいなら死んでくれていたほうがよかった』って……」

その時になって、ようやく、自分がしていたことは、してはいけないことだったのだと気づいたけれど、もう、遅かった。

それに、気づいていたとしても、自分は、やはり、同じことをしたと、アレクサンドラは思う。

セーヴェルの森で魔女と呼ばれる老婆と過ごした日々は、明らかに、アレクサンドラを変えた。それが魔女になるということだったのなら、確かに、アレクサンドラは、もう、魔女なのだ。あの古びたハーブの本をセーヴェルの森の魔女から譲り受けた時、魔女の名

も同時に譲《ゆず》り受けた――――。

「やがて、わたくしが魔女だという噂は国中に広がり、わたくしを狩って火あぶりにしようとまで言う者も現れた。でも、国王はそうしなかった。わたくしを火あぶりにしたら、逆に、呪われるんじゃないかって、それを恐れたのよ」

「で、結局、東の塔に幽閉《ゆうへい》、ってわけか……。ひでぇ親だな。実の娘を『魔女』呼ばわりした揚げ句、幽閉するなんて」

「……」

「憎くないのか？　そんな親、俺なら、それこそ、執念で呪い殺すくらい、恨《うら》んで恨んで恨み尽くすな。絶対」

そうかもしれない。それが普通なのかもしれない。

（でも、わたくしは……）

アレクサンドラは小さく首を横に振る。

「わからないわ……」

「わからない？　なぜ？　俺が助け出してやらなければ、おまえは一生あそこに幽閉されたままだったんだぞ。籠《かご》の鳥よりもみじめな生涯《しょうがい》の末、朽《く》ち果てるようにして死んでいくだけだったんだ」

確かに、そのとおりだ。

誰にも顧《かえり》みられず、存在を否定され、忌み嫌われる者。

（それが、わたくし……）

父も、母も、兄も、あれほど懸命になって生命を救った妹でさえ、アレクサンドラを化け物を見る眼差しで見た。

あの時のことを考えると、胸の奥がどうしようもないほど震え出す。

でも、これは、解いてはいけない感情だ。

いやなことやつらいことは心の中に居座らせてはだめ。どこかに隠しておかないと、手がつけられないほどに暴れ出して、心を壊す。

「仕方がないわ」

アレクサンドラは唇を噛み締めた。

「それほど、未知《みち》のものに対する恐怖は深いということなのでしょう。父も、母も、国民たちも、みんな、魔女のことを理解できない。だから、怖い……」

でも、だからって、どうすることができただろう？　自分もほかの人と同じように、セーヴェルの森の魔女を怖がって見せればよかったのか？　彼女から受けた恩を忘れ、彼女を罵《ののし》れば救われたのか……。

ふいに、レオニダスが口を開く。

「おまえ、意外とバカだな」

「バ、バカ……？　このわたくしが……？」

「ああ。そうだな。しかも、大バカ」

今まで一度だってそんなことを言われたことがない。『聡明《そうめい》』だと褒められることはあっても、バカだなんて、しかも大バカだなんて、

「侮辱《ぶじょく》よ。謝れ。前言を撤回しなさい」

「なんで？　バカにバカって言って何が悪い？」

「なんですって？」

「借り物の言葉で自分の気持ちをごまかしてんじゃねーよ。せっかくこの俺さまがあの塔から出して自由にしてやったのに、なんだよ。おまえの心はまだ東の塔の中に幽閉されたまんまじゃねぇか」

（わたくしの……こころ……？）

思ってもみなかった言葉をつきつけられて、アレクサンドラは押し黙る。

「俺は、そんなおまえなんかちっとも怖くねぇぞ。怖がってるヤツらの気が知れねぇ。だいたいだ。だいたい、おまえの魔法のどこがおそろしいんだ？　怪我に効く草を知っているとか、よく眠れるお茶を作れるとか、それって、むしろ、ありがたいじゃねぇか。俺は、おまえの魔法を恐れて遠ざけるなんていう無駄なことはしないぞ。反対に、おまえの魔法を徹底的に利用してやる」

「……レオニダス……」

「たぶん、セーヴェルの森の魔女は、おまえに知識を与えればどうなるか、わかっていたはずだ。おまえに降りかかる災難を予見《よけん》していながら、なお、おまえに知識を託したのは、自分が受け継いできた知識が人々にとってどれだけたいせつかをよく理解していたからにほかならない。おまえは思いを託されたんだ。おまえには、セーヴェルの森の魔女の、その気持ちに応える義務がある——」

そこまで言って、レオニダスは、ふいに言葉を切り、宙《ちゅう》に視線を彷徨《さまよ》わせた。

「——って、俺が言うと、なんか、嘘くさいな。うわ。らしくねぇ。自分で言ってて気持ち悪い」

その言い草に、思わずアレクサンドラは小さく噴き出す。

「確かに、そうね」

「こういうのはディミトリオが得意なんだよなぁ。あいつ、どんな嘘くさいことでも平気な顔して言うからな。あれだけは俺にも真似できねーよ」

アレクサンドラは、視線だけを上げて、ぼやくレオニダスの表情を、ちらり、と窺い見た。いつもは冷たい闇のような黒い瞳が、今だけは少しだけやさしく見える。

もしかして、慰めてくれたのだろうか？

（レオニダスが……？）

ほんと。そんなの、らしくない。

でも、ちょっとだけ、うれしい、かも……？

「そうね。ディミトリオは口がとても達者ね。女の人の扱いも上手そう」

そう言うと、レオニダスは肩をすくめた。

「ヤツには惚れるなよ。あいつは大事な副官なんだ。女王を誘惑したかどで手討《てう》ちにしたくない」

「そんなこと考えるなんて、おまえのほうこそ、バカじゃないの？」

確かに、ディミトリオはそつがない。さりげなく褒めてくれる言葉も甘くて、心地よい気分にさせてくれる。

でも……。

(わたくしはディミトリオのことは好きにならないわ)

それは確信だった。

わたくしが好きになるとしたら、その人は、きっと――――。

そこから先を考えるより先に、レオニダスの声がとりとめのない思考を遮《さえぎ》った。

「それで？　セーヴェルの森の魔女は、今、どうしているんだ？」

アレクサンドラは小さく首を横に振る。

「わからないわ。そのあと、すぐに行方《ゆくえ》知れずになったの。みんなは死んだと言っているけれど……」

あるいは、あの時、セーヴェルの森の魔女は、既に死を予感していたのだろうか？　だから、アレクサンドラにあの本を渡し『知識を守ってほしい』なんて言ったのか？

「では、おまえが最後の魔女か」

レオニダスが言った。

「そういうことなら、せいぜい大事にしないとな。俺は使えるものは目いっぱい有効利用する主義なんだ」

「誰がおまえなんかに利用されるものですか」

つん、とそっぽを向いて言い返しながらも、アレクサンドラの胸は何か不思議な驚きに満ちている。

今まで、アレクサンドラの魔法を「利用する」なんて言った人は、誰ひとりとしていなかった。みんな、恐れたりおびえたりするばかりで、魔女の持つ知識に価値があると認めてはくれなかったのに……。

（おかしな男……）

幼い頃に東の塔に幽閉され、以来そこで成長したアレクサンドラは、年頃の娘として生身の男と接するのは初めてと言ってもいい。

でも、その分、書物の中で、いろんな男を知っていた。やさしい男。ずるい男。強い男。

情《なさ》けない男。男というものがどういう生き物か、本を読めば手に取るようにわかった。あたかも、生身の男が、すぐそばにいるかのように。

でも、レオニダスは、その中のどの男とも違っているような気がする。「どこが？」と聞かれれば答えられない。何が違うのかもわからない。でも、今まで読んだ本の中にこんな男はいなかった。それだけは確かだと思う。

かすかに混乱しながら、アレクサンドラはハーブ園をあとにして歩き出した。

当然のように隣を歩いていたレオニダスが、ふと、足を止める。

「あれは……、なんだ？」

レオニダスの視線を追いかければ、そこには地下へと続く扉があった。

アレクサンドラは答える。

「ああ。あれは墓地への入り口です。地下に歴代の王の墓があるの」

「ヤロスラフ王の墓もあるのか？」

「ええ。もちろん」

レオニダスの瞳が輝く。

「そういうことなら、敬意を表して墓参りの一つもしないとな」

「墓参り？」

「おまえもつきあえ」

「なんでわたくしが？」

アレクサンドラは逃げようとしたものの、それは儚《はかな》い抵抗だった。腕を掴まれ、引きずられるようにして地下への回廊に連れていかれる。

光の射さない地下は薄暗く、そして、空気はひんやりと湿っている。手探りで細い通路を進むと、やがて、広い場所に出た。

アレクサンドラも、東の塔に幽閉される前のことだったが、何度か訪れたことがある。ここが、歴代の王の墓所だ。王だけでなく、王族はすべてここに埋葬《まいそう》されることになっている。中でも、一番奥にあり、最も大きな墓がシルワの初代国王ヤロスラフの墓だ。

レオニダスは、迷うことなく真っ直ぐにヤロスラフ王の墓へ向かうと、足を止め、目を細めた。

「賢王《けんおう》ヤロスラフ。あんたの国は俺がいただくぜ」

レオニダスの黒い瞳の底には静かな炎が灯《とも》っている。

「悪いが、あんたの子孫はぼんくらばっかりだ。あんな国王に国を任せていたら、やがて、国は滅びる。どうせ滅びるものなら、俺がもらったってかまわないだろう？」

アレクサンドラは、震える思いで、レオニダスのその独白を聞いていた。

レオニダスの言葉は、決して、嘘でもはったりでもない。

調べれば調べるほど、アレクサンドラの父をはじめ、ここ数代のシルワ王は、賢王と呼ばれたヤロスラフに比べ、凡庸《ぼんよう》に過《す》ぎるとしか言いようがないことが、アレクサンドラにもよくわかった。彼らは、少しでも多く国民から税を搾《しぼ》り取り、それで自分が贅沢をすることしか頭にないようにさえ見える。

そういう国王が君臨《くんりん》する国がやがてどうなるのか。

アレクサンドラはその答えを知っていた。東の塔に幽閉されていた間に読んだたくさんの本の中に、その答えはある。

国政を顧《かえり》みない王が治める国は、やがて、そう遠くない将来に滅びることになるだろう。では、レオニダスに侵略されなくとも、シルワは滅びる運命だったのか。

だとしたら、わたくしは？　なぜ、わたくしは、今、こうしてこの男の隣にいるの？

わたくしも、また、レオニダスに侵略されたの――――？

しばらくは微動《びどう》だにしなかったレオニダスは、ふと、吐息をつき、それから、ヤロスラフ王の墓に突き立てられていた一本の剣に視線を移す。

大きく、長い剣。いつもレオニダスが背負っている剣と遜色《そんしょく》ないほどの。

「それはヤロスラフ王の剣です」

アレクサンドラはそう言おうとした。

「その剣は、シルワ王の証《あかし》であり、真のシルワ王でなければ抜くことはできないと言われています。でも、今まで、その剣を抜くことができた者は、誰ひとりとしていないのよ」

けれども、アレクサンドラがその言葉を口にするよりも先に、レオニダスが剣の柄《つか》に手を伸ばす。

(抜けるはずがない)

アレクサンドラは思った。

今まで誰が抜こうとしても、その剣は、ぴくり、とも動かなかった。

なのに――――。

「あっ……」

レオニダスが柄を握った途端、ヤロスラフ王の剣は、なんの抵抗もなく、するすると、その全貌を土中より現す。

まるで、吸い込まれるようだった。そこが本来の居場所であったかのように、ヤロスラフ王の剣はレオニダスの手の中で鈍《にぶ》い光を弾《はじ》いている。

「へぇ……。なかなかいい剣じゃないか」

レオニダスは、ヤロスラフ王の剣を宙にかざし、感嘆《かんたん》の声を上げた。

「重さも、手にした時の感触も、申し分ない。まるで俺のために特別にあつらえたようだ。こんな剣には滅多に出会えない」

「それ……、どうやって抜いたのです？」

そう問いかけるアレクサンドラの声はひどく強張《こわば》り震えている。

「どうって……、別に、普通に、すっと抜けたぜ」

「それはヤロスラフ王の剣です」

「えっ？　これが、か？　それって戴冠式で使うヤツだろ？　てっきり国王か王太子が持ち去ったと思っていたんだが……」

　まじまじと手にした剣に視線を注ぐレオニダスに、アレクサンドラは小さく首を横に振ることで答えた。

「いいえ。違うわ。戴冠式で使うのは、のちにその剣を模《も》して作られた贋物《にせもの》です。たぶん、持ち出したのは兄のオレクでしょう」

　王太子であるオレクは強欲で執念深い。少なくとも、幼い頃、アレクサンドラが知っていた兄はそういう男だった。たとえ、国を捨てて逃げたとしても、ヤロスラフ王の剣を手にしてさえいれば自分が正当な王位継承者だと主張できると考えたに違いない。

「自身の死を予感したヤロスラフ王は、死の直前、自分の遺体はここに埋葬しろと言って、その目印に、ヤロスラフ王を王の位に導いた剣をここに突き立てたそうです」

「それがこの剣か」

「ええ。遺言《ゆいごん》どおり、ヤロスラフ王はここに埋葬されました。でも、ヤロスラフ王は、死に際して、もう一つ、謎めいた言葉を残していたの。『シルワの真の王たるべき者のみがこの剣を抜くことができるだろう』。それが、ヤロスラフ王のもう一つの遺言よ」

レオニダスの口元にうっすらと笑みが浮かぶ。

「てことは……、剣を抜いた俺はシルワの真の王ってことか？」

「……伝説のとおりなら、そういうことね」

「はは。バカバカしい」

レオニダスはさもおかしそうに噴き出したが、アレクサンドラはとても笑う気になどなれない。

「でも、その剣を抜いた者は、今まで誰ひとりとしていなかったのよ。歴代の王も、王族も、すべて。もちろん、わたくしの、父も、兄も、そうです」

「それを俺が抜いちまったってわけか？　すげーな、俺。さすが、俺さま」

「……」

「まあ、面白い話だがな、それを鵜呑《うの》みにするほど俺はおめでたくはねーよ」

レオニダスが笑い止む。黒い瞳が静かにアレクサンドラの碧の瞳を捕らえる。

「じゃあ、聞くが、この剣を本気で抜こうとしたヤツが今までひとりでもいたのか？」

「それは……」

「もし、抜けなかったらどうしよう？　王として認めてもらえなくなる。――――どうせ、そんなこと考えて、最初から抜こうとしなかったヤツばっかだったんじゃないのか？」

レオニダスの言うことは一理ある。確かに、その可能性も考えられなくはない。

（でも……）

まだアレクサンドラが幼かった頃、魔女と呼ばれるようになる前に、兄のオレクが話していたのを思い出す。こっそりヤロスラフ王の墓所に忍び込んで剣を抜こうとしてみたけれど、剣は、ぴくり、とも動かなかったと。

あの頃のオレクは、まだ少年だったし、第一、どう見ても体格や膂力《りょりょく》はオレクよりもレオニダスのほうが勝っている。単に力が足りなかっただけなのかもしれないが、それにしたって……。

「まあ、いいさ。この剣は俺が預かっておく。なんかの時に使えるかもしれないし、それに、せっかくいい剣なのに、手入れもしないで放っておくのはもったいないからな」

考え込むアレクサンドラとは裏腹に、レオニダスからはなんの深刻さも窺えなかった。

「しかし、伝説とやらに怖《お》じ気《け》づいた揚げ句、贋のヤロスラフ王の剣まで作り、それで戴冠式やってたなんて、シルワの国王はとんだ腰抜けぞろいだぜ。今ごろ、賢王ヤロスラフがあの世で泣いてるぞ」

「……」

「それはそうと、おまえ、なんでまだそんな服着てんだ？」

「へ？」

ふいに、それまでとは全く別の話題に話が飛んで、アレクサンドラは、一瞬、ついていけずに目を白黒させた。

「え……？　服……？」

なんで、突然の服の話？

レオニダスは、アレクサンドラの戸惑いなどきっぱり無視して、自身の勝手な論理を押し付ける。

「ただでさえ色気がないいんだから、その地味〜な黒い服はやめろって言っただろ」

「……い、色気がなくて悪かったわよ……」

「ディミトリオがおまえのためにドレスや宝石を用意したはずだぞ。少しくらいは着飾って俺の目を楽しませようって気にならないのか」

「なるわけないでしょ！　絶対にイヤ！！！！」

つい、売り言葉に買い言葉でそう言い返すと、レオニダスの唇からは爽快な笑いが上がった。

つん、とそっぽを向くアレクサンドラの胸では、しかし、まだ何かもやもやしたものが渦巻《うずま》いている。

レオニダスがシルワの真の王だなんて、そんなのありえない。あるはずがない。

でも、現にヤロスラフ王の剣はレオニダスの手によって抜かれた。

その意味を考えなくてはならないと思った。

ヤロスラフ王は、もとは、アクイラやヴェントスよりも、もっと西の、北海に近い村の出身だと伝説には記してある。

幼い頃から知勇に優《すぐ》れ、二十代半ばという若さで、それまで地方の領主たちが小競《こぜ》り合いを繰り返しているばかりだったシルワを統一した。

「ヤロスラフ王の剣は彼の力の象徴でもある。ヤロスラフがシルワの王となるまでの戦いのすべてをその剣は知っている、か――」

ため息をつきながら、アレクサンドラはヤロスラフ王のことを記した伝記書を閉じた。

ヤロスラフ王が、なぜ、あんな謎めいた遺言を残したのか、疑問にかられたアレクサンドラは、まず、ヤロスラフ王の生涯を紐解くことから始めたが、結果は芳《かんば》しくない。

シルワの賢王ヤロスラフのことを知らない者は、シルワには、おそらく、誰一人としていないだろう。なのに、ヤロスラフ王のことを記した書物はあまりにも少なかった。

ヤロスラフ王の時代ははるか昔に過ぎ去って、今や、それは伝説の世界だ。調べたくても、はっきりしたことは、もう、わからない。

わからないのは、レオニダスのことも同じ。

レオニダスが公式の文書に顔を出すのは、彼がイグニスの将軍になってからのことだ。その前のことは、ほとんど記録に残っていない。

わずかに、記されているのは、せいぜい噂話程度。それも、下級貴族の出身というものから、もっと身分の低い農民の子というものや、外国人だというもの、更には、どこかの国の国王のご落胤《らくいん》だというもの等々、まったく当てにはできないものばかり。

「どうしようもないわね。これじゃ、八方塞がりだわ」

再び、さっきよりも、もっと大きなため息をこぼし、アレクサンドラは立ち上がる。

昨夜も遅くまで書物を漁《あさ》っていたのですっかり寝不足だ。瞼の奥がズキズキする。頭の芯が重い。風に当れば少しはすっきりするかもしれないと屋外に出れば、自然に足が向くのはハーブ園で。

使えるものは目いっぱい有効利用する主義を実践する気なのか、あのあと、レオニダスはすぐに部下たちに命じてハーブ園の整備を始めた。

野放図《のほうず》にはびこっていた雑草は抜き取られ、更に広い土地がハーブ園のために開墾《かいこん》された。新しい畑には、アレクサンドラの指示の許、様々なハーブが集められ、栽培されている。数、種類共に、これほど立派なハーブ園はどこにもないだろう。セーヴェルの森の魔女のハーブ園でさえ、この半分にも及ばなかった。

手入れの行き届いたハーブ園をながめながら、風に乗って届いてくるラベンダーの涼《すず》やかな香りを胸いっぱいに吸い込んでいると、元気な声がアレクサンドラを迎えた。

「おはようございます！　アレクサンドラさま！」

見れば、いつぞやアレクサンドラが傷の手当てをしてやった若い兵士だった。彼は、レオニダスがハーブ園を整備すると知って、真っ先にその役に志願したのだそうだ。

「いつもお手入れありがとう」

アレクサンドラが微笑んで労うと、若い兵士はうっすらと頬を染めた。

「いえっ。そんなっ。俺は……」

若い女に免疫《めんえき》がないのか、しどろもどろになっているのが少しかわいい。微笑みを深くするアレクサンドラに、若い兵士は照れたように言った。

「お、俺、兵士になる前は家でも畑仕事をしていたから慣れてるんです」

「あなたはイグニスの出身？」

「違います。もっと、東から来たんです。日照《ひで》りで、不作の年が続いて、年貢《ねんぐ》を払ったら俺の食《く》い扶持《ぶち》は残らなくて、だから兵士になったんですけど、でも、なかなか剣の腕前が上がらなくて……」

その答えに、アレクサンドラは、わずかに眉を寄せた。

（どこも同じなのね）

シルワだけではない。どこの国も同じ病に憑《と》り付かれている。天候不順に凶作。飢饉《ききん》。

貧困。この病を治すとしたら、その国の王は相当の覚悟をしなくてはならないだろう。

アレクサンドラの胸を薄いベールのような憂《うれ》いが覆った。しかし、若い兵士は、そんなことには全く気づきもせず、必死の面持ちで言葉を紡いでいる。

「あのっ。それに、俺、アレクサンドラさまには感謝してるんです。あんな草でほんとによくなるのか最初はちょっと信じられなかったんですけど、すぐに血も止まったし、痛みも楽になったし、アレクサンドラさまって、ほんと、すげーなぁって感心して、だから、アレクサンドラさまのお役に立てるのが、めちゃくちゃうれしくて……」

そう口にする間、みるみるうちに真っ赤に染まっていく若い兵士の顔を、アレクサンドラは、何かまぶしいものでも見るような思いで見つめた。

(ねぇ。どうして……？　どうして、あなたは、わたくしを怖がらないの？)

レオニダスは、まあ、普通ではないところのある男なので除外するとしても、なぜ、この若い兵士は手放しなまでの尊敬の念をアレクサンドラに向けてくれるのだろう？

彼の傷をヤロウで手当てした時、アレクサンドラは覚悟していた。かつて、アレクサンドラの、父が、母が、兄が、妹が、アレクサンドラに向けたのと同じ眼差しを向けられることになるのだと、あきらめていた。

なのに、レオニダスの部下たちは、誰ひとりとしてアレクサンドラを恐れない。むしろ、偉大なる魔女として敬《うやま》ってさえくれる。

最近では、体調を崩した者は、アレクサンドラのところを訪ねてくるのがあたりまえのことになっていた。その都度、アレクサンドラは、怪我をした者には傷に効くハーブを、風邪《かぜ》を引いた者には身体を温めるお茶を、悪夢にうなされ眠れないと言う者には心を落ち着かせる香りを処方《しょほう》してやる。

『よくなりました』と、『これもアレクサンドラさまのお陰《かげ》です』と、彼らに笑顔を向けられるたびに、アレクサンドラの胸はせつなく痛んだ。

皆から疎《うと》まれた。誰からも忌み嫌われた。

自分はその頃と少しも変わっていない。

だったら、いったい、何が変わったの……？

ふいに、快活《かいかつ》な声がアレクサンドラの思いを遮った。

「こらこら。そこのおまえ。アレクサンドラさまを口説こうなんて、百万年早いぞ」

ディミトリオだ。

若い兵士は比喩《ひゆ》でなく飛び上がった。

「うわっ。ディ、ディミトリオさまっ。お、お、俺は、口説いてなんか……」

「将軍にバレたら大変だぞ。ああ見えて将軍は嫉妬深いからなぁ。いきなり手討ちにされてもおかしくないぞ」

「ひぃぃぃぃぃぃっっっ」

苦笑しながら、アレクサンドラがディミトリオをたしなめる。

「ディミトリオ。からかうのはそのぐらいになさい」

「すみません。アレクサンドラさま。こいつのビビりようがなかなか楽しかったので」

「そちらのあなたも本気にしないの。レオニダスはそんなことしませんよ」

「はい……。アレクサンドラさま……」

しゅん、とうつむいてしまった若い兵士に、アレクサンドラは言った。

「もし、あなたが望むなら、今度、ハーブのことをもっと教えてさしあげましょうか？」

「え？　ほんとに？」

「ええ。でも、その代り、ちゃんと勉強しなくてはだめよ」

「はいっ。俺、がんばりますっっっ」

感激した様子でハーブ園に向かって走っていく若い兵士のうしろ姿を見送りながら、ディミトリオはおかしそうに笑っている。

「いいんですか？　アレクサンドラさま。魔女の秘法《ひほう》を他人に教えたりして」

「いいのよ。わたくしは自分の持っている知識を独り占《じ》めするつもりはありません。それを知りたいと望む人には、いつでも分け与えるつもりです」

「欲がないですね。アレクサンドラさまは」

ディミトリオが小さくため息をついた。

「まあ、そこがアレクサンドラさまのステキなところではありますが」

「今のは褒め言葉かしら？　それとも、わたくし、けなされているのかしら？」

「もちろん、褒めたんですよ」

ディミトリオの顔に、にっこり、と笑みが浮かぶ。

こういうところ、ほんと、ディミトリオは女あしらいが上手い。

(あの男も、ちょっとは見習えばいいのよ……)

「ま、なんにしても、あいつにはよかったんじゃないですかね」

ディミトリオが真顔に戻って言った。

「あいつ、口減らしのために傭兵になったのはいいけど、剣のほうはからっきしで……。戦場で生き残っていけないのは目に見えてたし、ほかの生き方を見つけられるなら、そのほうがいい」

沈黙が落ちる。

それ以上この場に留まっているのは、なんだかせつない気がして、アレクサンドラはハーブ園を背にし、ゆっくりと歩き出した。ディミトリオもアレクサンドラと肩を並べるようにして歩き出す。

一言も会話を交わさないまま、ふたりが城の表門の近くまで来ると、風に乗って城の外のざわめきが聞こえてきた。

今日はなんだかいつもより騒がしい気がする。城の前に人が集まっているらしい。それも、ひとりやふたりでなく、大勢の人間が。

アレクサンドラが気にしているのが伝わったのだろう。ディミトリオが教えてくれる。

「ああ。あれは、灌漑《かんがい》工事のために集まってるんですよ」

「灌漑工事?」

「はい。南部地方で五年前に起こった河川の氾濫《はんらん》の件なんですが、調べてみたら、その後、耕作地がいっさい手付かずのまま放棄されていることがわかったんです。農民たちもほとんどが行方知れずです。もっとも、五年前の河川の氾濫で多数の犠牲者が出たそうですから、そう多くは残っていなかったでしょうが」

アレクサンドラは押し黙った。

(やっぱり……)

報告書を見た時に想像はしていたが、そのとおりのことが南部地方で起こっていたのだ。

「将軍は、原因を作った川そのものを改修して、今後氾濫が起きないようにするつもりなんです。そのために、国中に使いをやってふれを出したんですよ」

「彼らに夫役《ぶやく》を課すつもりなの?」

夫役とは税の一種だ。物資ではなく労働力で納める。たとえば、この場合、工事をするから村ごとに工事用の人員を出せというふれが出されれば、領民たちは、いっさい、それに逆らうことはできない。農村では否応《いやおう》なく働き手を奪われることになる。

だが、アレクサンドラの危惧《きぐ》をよそに、ディミトリオは小さく首を横に振った。

「違いますよ。やりたい人は集まれー、みたいな感じです。傭兵を徴募《ちょうぼ》するのと同じ感じですね」

「彼らには給金を出すの？」

「給金はありませんが、食料や住居、必要な道具はこちらで補償します」

「資金は大丈夫？　国王である父たちが逃げ出す時、金目のものはすべて持ち出したと聞いているけど……」

「確かに、金品は残っていませんでしたが、食料庫には次の収穫期まで全軍をまかなえるだけのものが残されていました。さすがに大荷物になるので持っていけなかったんでしょうね。それに、我が軍だって、多少の軍資金は持っていますよ。何をするにも先立つものは必要ですからね」

その言葉にようやく安堵した。うなずくアレクサンドラに、ディミトリオが付け加える。

「更に、河川改修に参加した者には、新たに開墾した農地を格安の借地料で貸し与えることになっていますし、三年間税は完全に免除です。昨今、どこも不作が続いているせいか、家族全員を養いきれなくなってきているのでしょうね。けっこう人が集まっていますよ」

がんばって畑を作り直してもまた流される。そう思ったら、誰だって無気力にもなるし、畑を放棄したくもなるだろう。そうならないためには抜本的《ばっぽんてき》な改革が不可欠だ。

河川を改修し災害に強い畑を新たに作る。更に、そこに人を定住させ作物の生産量を安定させる。

レオニダスのそのやり方は文句なく正しい。

「あの人は……どういう人なの……?」

思わずアレクサンドラはつぶやいていた。

国王であるアレクサンドラの父は、南部地方の惨状を五年もの長き間いっさい顧みようとはせず、農村が崩壊していくのに任せた。

だが、レオニダスは、このシルワにやってきてまだ日も浅いというのに、確実に、国政の乱れを突き止め、それを正しい方向に導こうとしている。

これでは、レオニダスのほうがよほど王らしいではないか。

そうして、考えは、やはり、ヤロスラフ王の剣のことに行き着く。

もしかしたら、レオニダスこそが、ヤロスラフ王の認めた真の王なのだろうか？　だから、レオニダスにはあの剣を抜くことができたのか？

「将軍のことが気になりますか?」

ふいに聞かれて、我に帰った。

アレクサンドラは、ディミトリオの微笑《ほほえ》みに力ない笑みを返して、それから、小さく首を横に振る。

「誰があんな男のことなんか……」

「素直じゃありませんね」

「本心です」

「アレクサンドラさまがそう言うなら、そういうことにしておきましょうか」

ディミトリオは、ふふ、と笑って、思いを巡らせるように遠くを見た。

「アレクサンドラさまがどう思ってるか俺にはわかりませんけど、俺は、将軍は、猪突猛《ちょとつもう》進《しん》の行き当たりばったりのように見えて、その実、頭の中ではいろんなことを考えてる人だと思ってます。緻密《ちみつ》、っていうんですかね。何がどうなったらどうなるっていうのを、先の先まで何通りも用意して行動するっていうか、なんていうか……」

「そうかしら。動物的本能全開って感じだけど」

「女性の前ではそうかも——って、これはアレクサンドラさまの前で言うことじゃないか」

ディミトリオの口元に苦笑が浮かぶ。

「女癖のことは、まあ、置いといて——、将軍は、庶民が貧しくなれば、国そのものも貧しくなっていくと考えています。言い換えるなら、庶民が豊かにならなければ、国も豊かにならないってことです」

「確かに、そうね。搾取《さくしゅ》には限界があるもの」

「将軍は貧しい庶民の生活についてよく知っています。どこに問題点があるかも理解しています。それは、やはり、将軍自身、幼い頃、貧しい暮らしを経験しているからじゃないですかね」

ディミトリオのその言葉に、アレクサンドラは少し驚いた。

「レオニダスの幼い頃のことを知っているの!?」

アレクサンドラの勢いに押されたように、ディミトリオが首を横に振る。

「あ……、いや、たぶん、そうなんじゃないかって俺が思っているだけで、ほんとうのところはわかりません。将軍は、家族のこととか、家のこととか、いっさい話さないし、何か仔細《しさい》があるんだと思います」

「……そう……」

レオニダスのことは誰も知らない。将軍になるまでのことは謎だらけだ。それをディミトリオが知っているのなら、是非《ぜひ》、教えてほしかったのに……。

「俺が将軍と出会ったのは傭兵になってからです。同期だったんです。将軍にはたくさん助けられました。俺は将軍には返しても返しても返しきれない恩がある。だから、将軍の夢には全力で手を貸したい」

「夢……?」

「このシルワを豊かな国にすることですよ。そのために、今、将軍は一生懸命じゃないですか」

シルワを豊かな国にする？　そんなこと、あの男が本気で考えているというの？

呆然としていると、横でディミトリオが言った。

「おや。噂をすれば影ですよ」

「え……？」

「将軍です。どうやら、アレクサンドラさまを探しているみたいですね」

ディミトリオの視線の先に目をやれば、一際大きな黒い人影がものすごい勢いで近づいてくるのが見えて……。

「げっ……」

あわてて逃げ出そうとすると、すぐに追いつかれ、腰を抱き寄せられる。

「おい。なんで逃げるんだよ？　なんかやましいことでもあんのか？」

「そんなものないわよっっっ。ないけど……、お、おまえが追いかけてくるから……」

「追いかけられると逃げるって、おまえは猫か？」

「にゃ、にゃあ……？」

ぶっ、と誰かが噴き出すのが聞こえた。キッ、とそちらに視線を向けると、ディミトリオが腹をかかえ悶絶《もんぜつ》している。

「とにかく、ちょっと来い」

「え？　な、なんで？」

「用があるからに決まってんだろ」

だから、その用の内容はなんなのよ？

聞くより先に、身体が、ふわ、と浮いた。

「きゃっ……」

抵抗する暇もなく、レオニダスは片手でアレクサンドラを抱き上げる。

「何するの？　降ろしなさい」

アレクサンドラは抗議したが、もちろん、それを素直に聞き入れてくれるレオニダスではない。

「いいから。じっとしてろ」

「自分で歩けるわ」

「だめ。このほうが、絶っっっ対、早い。おまえ、トロくさいし、すぐ転ぶし」

そうきっぱり言われてしまうと、返す言葉もなかった。仕方なく、レオニダスの首にしがみつく。

ふたりのうしろでは、ディミトリオがにこにこと笑って手を振っていた。どうやら、ディミトリオは徹底的にこの男の味方らしい。

（ほんと、腹立つ……）

悔しさに歯噛みしているうちに、アレクサンドラはレオニダスによって城の中へと運び込まれる。いったい、どこに連れていかれるのかと思っていたら、レオニダスが向かったのは、東の塔を出て以来、アレクサンドラが自室として使っている部屋だった。

レオニダスはアレクサンドラの身体を寝台の上に投げ出すと、ひとことだけ、短く命令するように言った。

「脱げ」

「え……？」

アレクサンドラは寝台の上をあとずさる。

「いや……、だって……、ちゃんと結婚するまではダメって……」

「いいから。早くしろ」

「でも……」

恐怖にすくみ上がるアレクサンドラをよそに、レオニダスは、勝手にアレクサンドラの行李《こうり》を開け、中を物色しはじめる。

いくらもしないうちに、レオニダスの大きな手は行李の中から深い緑色のドレスを選び出し、アレクサンドラに差し出した。

「おい。早く、その色気のない服を脱いでこっちに着替えろよ」

「は……？　着替える……？」

「時間がないんだよ。急げって言ってんだろ。なんだったら、俺が手伝ってやろうか？その服、この俺さまが脱がしてやろうか？」

ぶるぶると首を左右に振り、アレクサンドラは言った。

「だ、だ、だ、大丈夫。じ、自分で着替えられるから」

「だったら、さっさと着替えろ」

(いったい、何よ？　突然着替えろだなんて……)

いつものこととはいえ、勝手過ぎる。

(少しは説明くらいしなさいよ)

心の中でぶつぶつ文句を言いながら、仕方なく、アレクサンドラはいつも身につけている黒いドレスを脱ぎ捨て、レオニダスに押し付けられた緑色のドレスに袖を通した。じろじろ着替えを見ているようなら蹴り飛ばしてやろうと思ったが、一応、レオニダスも気を遣ったのか、背中を向け、アレクサンドラが着替え終わるのを待っている。

「着替えたわよ」

そう言うと、レオニダスは振り向いて、その顔に、にやり、と笑みを浮かべた。

「悪くない。いや、断然、そっちのほうがいい」

「どういうこと？　説明を……」

「ちょっと黙ってろ」

近づいてきたレオニダスの両手が首に回った。ひんやりした重みが肌に触れる。

「あ……」

これって、宝石？

アレクサンドラの首には、緑色の石がはまった首飾りがぴったりと巻き付けられていた。

「翡翠《ひすい》だ」

レオニダスがその緑色の石に指先で触れながらそっとつぶやく。

「はるか東方から取り寄せたんだ。おまえのために」

「……わたくしのために……？」

「思ったとおりだ。その服も、宝石も、おまえの碧の瞳によく似合う」

（似合う……？　わたくしに……？）

贅沢に布を使った、袖と裾を引きずるドレス。腰帯も光沢のある緑だ。首には翡翠の首飾り。アレクサンドラは、翡翠というその宝石がとても珍しく、その珍しさに見合うだけ高価であることを書物で読んで知っていた。

今の自分は、レオニダスにはどのように映っているのだろう？

思った途端、胸の奥がざわざわと波立つ。

（わたくし、動揺しているの？）

たった、これだけのことで?

おまけに、こんな動揺にはいまだかつて一度も出会ったことがない。こんなふうに、胸が甘く疼《うず》くような、痛みにも似た不思議な胸の揺らぎには。

「用意も整ったところで、行くか」

ふいに、レオニダスが言った。

「え? どこへ……?」

問い返すと、レオニダスの口元に、にやり、と笑みが浮かんだ。

「国境を越えてアクイラに入る」

「アクイラ……?」

「ああ。国境に近い村に知り合いが来てるんだ。そいつに、おまえと婚約したことを報告に行く」


アクイラは、シルワと国境をわずかに接する国だ。

シルワとは比べ物にならないほどの大国で、国土だけでもシルワの十倍以上はある。

自然に恵まれたアクイラは、大地は肥沃《ひよく》で、耕地に適した平地も多く、天候も穏やか。

飢饉に襲われることの少ないその土地柄はアクイラに安定した富をもたらし、今もアクイラは繁栄《はんえい》を続けている。

それを裏付けるように、王都から離れた国境の村でも、水路の整備は進み、農地には作物が豊かに実っていた。ところどころ、姿を現す農村の風景も美しい。

けれども、アレクサンドラには、それを楽しんでいる余裕など欠片《かけら》もなかった。ただ、ひたすら、レオニダスの腕の中、身を強張《こわば》らせ、馬の背にしがみついているばかりだ。

「なんだよ。そんなに怖いのか？」

レオニダスがからかいまじりにささやく。

「これでも、いつもよりはゆっくり走ってやってんだぞ。おまえのために」

わざわざ『おまえのために』のところを強調するあたりが厭味《いやみ》だ。

（しょうがないじゃないの……！）

アレクサンドラは胸の中で歯噛みする。

馬なんて、乗るどころか触れたことすらないのに、怖がるなと言うほうが無茶だ。

「わ、わたくしはっ…、馬に乗りたいと…、頼んだ覚えはないわっっっ」

思いっきり文句を言ってはみたものの、アレクサンドラの声はか細く震えていた。おまけに、揺れる馬の背では舌を噛んでしまいそうで、口を大きく開くこともできない。

これでは、抗議というより泣き言だった。

「もう、いやっっっ……。いったい、いつになったら、着くの……？」

今度は、ほんとうに泣き言を口にすると、レオニダスが、おかしくてたまらないというように、笑いながら言う

「なんだよ。いつもの威勢《いせい》はどこに行った？」

「だって……」

「世の中には、馬に乗るのが好きで好きでたまらない姫君もいるっていうのに、同じ姫君でも大違いだなぁ」

「わたくしは、おしとやか、なのよっっっ」

売り言葉に買い言葉で言い返す一方、心の中で何かが引っかかったのをアレクサンドラは感じずにはいられなかった。

引っかかっているのは、レオニダスがたった今口にした言葉だ。

『馬に乗るのが好きで好きでたまらない姫君』

それが、胸の入り口、喉のすぐ奥あたりのところに、引っかかって、つかえて、なんだかすごく気持ちが悪い。

(馬に乗るのが好きで好きでたまらない姫君って……、いったい、誰のこと……？)

少なくともアレクサンドラではないことだけは確かだが、その言葉がいやに気になって仕方がなかった。

レオニダスの口調の中には、何か特別な感情がこめられていたような気がする。ただの知り合いのこととか、噂話の類なんかじゃなくて、もっと、もっと、親しい人のことを思って口にした言葉。さっきのあれは、そんなふうに感じられた。

ディミトリオも認めるとおり、レオニダスは女には手が早い。今までレオニダスが相手にした女たちの中には、『姫君』と呼ばれるような身分の女もいたのかもしれないが、考えると、何か、いやな気持ちになった。

レオニダスがその女を思い出したことが気に入らなかった。その女と自分を比べたことが許せなかった。

（何……？　この気持ちは……？）

これじゃ、まるで嫉妬しているみたい。会ったこともない姫君とレオニダスが深い仲だったのではないかと邪推《じゃすい》して、不実なレオニダスを責めているみたい。

（そんなはず、ないわ……）

アレクサンドラは心の中でその思いを否定してはみたが、それは、どこか力なかった。嫉妬するのは、それだけその人のことが気になっているからだ。ふつう、好きでもない相手のことで嫉妬なんかしない。

（わたくしがこの男のことを気にしてる……？）

そんなこと、絶対に、ありえないわ――。

そのまま馬に揺られ続け、やがて、あたりが夕闇に包まれ始めた頃、森のはずれに建物の輪郭《りんかく》が見えてきた。石積みのその建物は、農家というには立派過ぎ、城砦《じょうさい》と呼ぶには瀟洒《しょうしゃ》な気配だった。

レオニダスは、その建物の門のところで馬を止めると、門の前に立っていた見張りの男に声をかける。

「レオニダスが来たと伝えてくれ」

レオニダスの来訪《らいほう》は、既に、なんらかの方法で伝えられていたのだろう。ふたりいた見張りのうちのひとりが、誰何《すいか》することもなく奥へ消えていく。もういっぽうの見張りは、近寄ってきて馬の轡《くつわ》を取った。

レオニダスは、先に馬から下りると、アレクサンドラに向かって両手を差し伸べる。できるものなら、こんな男の手など借りたくはないが、馬の背はびっくりするほど高い。ここからひとりで下りるには相当に勇気が必要だ。

仕方なく、アレクサンドラはレオニダスに向かって両手を差し出した。

身体が、ふわり、と浮いて、レオニダスの胸に抱き留められる。身体がレオニダスの体温に包まれた瞬間、胸の奥が、かすかに疼くような気がした。

そのまま、そっと地面の上に降ろされる。

なぜだろう？　なんだか、胸が妙にドキドキとざわついていた。そのせいか、レオニダスの顔をまともに見られない。こんな気持ちに、今までなったことがなかった。混乱が、アレクサンドラをうつむかせる。

その時……。

「レオ！」

ふいに、門の奥から若い女の声が響いてきた。

レオニダスのぬくもりがアレクサンドラから離れる。

追いすがるようにレオニダスを見ると、レオニダスの視線は、既に、アレクサンドラではなく、門の奥から出てきた若い女のほうに向けられていた。

「よう。久しぶりだな」

さっきまでアレクサンドラを抱いていた腕が、今度は、その若い女をそっとやさしく抱き締めた。その若い女のほうもレオニダスの大きな背中に手を回し、レオニダスの頬に小さくキスをする。

アレクサンドラは、何も言えないまま、ただ、親しげなふたりの姿をじっと見つめていた。

胸の中では嵐が吹き荒れている。

——その人は誰？

聞きたい。知りたい。

——なぜ、レオニダスのことを『レオ』なんて呼ぶの？　ふたりは、いったい、どういう関係なの？

でも、聞けない。知るのが怖い。

だって、もし、『恋人』だなんて答えられたら、いったい、どうすればいいのだろう？

確かに、レオニダスはアレクサンドラを『婚約者』だと国の内外に発表しはしたが、でも、それは、レオニダスがシルワを手に入れるための方便《ほうべん》に過ぎない。そこにあるのは野心であって、愛とか恋とか、そういった類の感情では決してないのだ。

ズキ……。

胸の芯を何か尖ったもので突き刺されたような痛みが走った。

胸が、痛い。苦しい。息ができない。

——その人がいいの？

心が叫ぶ。

——わたくしよりも、その人のほうがいいの？

はちみつ色の髪。あたたかい琥珀色の瞳。薔薇色のドレスを身にまとったその人は、たいそう愛らしかった。彼女の輝くような笑顔を見た者は、きっと、いっぺんで彼女を好きになるに違いない。

一方、自分はどうだろう？　貧相《ひんそう》な胸。しなやかと言えば聞こえはいいが、細いばかりで色気のない身体。おまけに、口を開けば生意気ばかり。あんなすてきな笑顔なんて浮かべられるはずもない。

ずっと東の塔に幽閉されていたアレクサンドラは、若い娘として同じくらいの年頃の若い娘を前にするのは初めてだった。今、生まれて初めて覚える劣等感という感情に、アレクサンドラの心は打ちのめされている。

かなわない。わたくしには、この人のような魅力はない。男なら、誰だって、自分じゃなく彼女を選ぶだろう。

そう。レオニダスだって――。

「そこまでだ」

ふいに、ふたりの間に立ちはだかる者が現れた。

「いいかげん、その汚い手を離せ」

その若い男は、背が高く、そして、驚くほどに美しかった。銀色の髪もあいまって、まるで北欧の神話に出てくる美神のようだ。

けれども、凛《りん》と響く男の声は研《と》ぎ澄まされた刃よりも鋭く、レオニダスに向けられた水色の瞳は氷のように冷たい。

「よう。ジークフリート」

喉元に剣まで突きつけられているというのに、レオニダスは気にした様子もなかった。

飄々《ひょうひょう》として、銀色の髪の美しい人に笑顔を向けている。

ジークフリートと呼ばれたその人は、剣の先を、ぴたり、とレオニダスの首に押し当てたまま、苦々《にがにが》しい声で言った。

「私の妻にその汚い手で触れるなと何度言えばいいんだ?」

応じるレオニダスには緊張感の欠片もない。

「そう固いこと言うなよ。減るもんじゃなし」

ジークフリートの眼差しが更に凍てついていく。その水色の瞳を見ただけで、あまりの冷たさに凍りついてしまいそうなほどに。

「いや。減る。絶対、減る。だから、さわるな。見るな。近づくな。守らなかったら、どうなるかわかってるだろうな?」

「おいおい。ジークフリート。嫉妬深い男は嫌われるぜ」

「なんだって? 今すぐ逆さづりにされたいって? 死んだほうがマシだと泣き叫びたくなるような拷問に遭いたいって?」

「やれるもんならやってみろよ。返り討ちにしてやるぜ」

子供みたいに言い合っているふたりの間に割って入ったのは、琥珀の瞳の彼女で。

「もう。いいかげんにして。レオも、ジークも」

ぴしゃり、と言われて、彼女よりもはるかに身体の大きなふたりが押し黙る。

「あなたたちがそんなだから、アレクサンドラ姫がおびえているわ。ね。ほんと、しょうがない人たちでしょう?」

ふいに、笑顔を向けられて、アレクサンドラは、目を、ぱちくり、と見開いた。

「え……、あ……、わたくしは……」

頭の中では、「わたくしはおびえていません」とか、「なぜ、あなたがわたくしの名前を知っているのですか?」とか、いろんな疑問が渦巻いている。けれども、その疑問を何一つとして口に出せない。

呆然と、ただ立ち尽くすアレクサンドラにゆったりとした足取りで歩み寄ると、薔薇色のドレスをまとったその人は、アレクサンドラの右手を両手で包み、微笑んで言った。

「わたしはエルウィンよ。よろしくね。シルワの第一王女さま」

エルウィン。

彼女が名乗った名前が、記憶の中のアクイラの系図《けいず》と重なる。

エルウィン。ヴェントスから嫁いできたアクイラの王太子妃。そして、その夫である王太子の名はジークフリート……。

「あ……」

アレクサンドラは、あわてて身にまとっていた外套《がいとう》のフードをうしろに下ろすと、膝を折り、頭を下げた。

「お、お初《はつ》におめもじつかまつります。シルワの第一王女アレクサンドラでございます。王太子妃殿下とは存《ぞん》じませず、大変な失礼を……」

しかし、エルウィンはアレクサンドラの肩に手をやりそっと顔を上げるよう促《うなが》す。

「いいのよ。ここは王宮ではないし、わたしたちは静養に来ているところなの。そんなに形式張ることはないわ」

「……はい……。恐縮でございます……」

「お会いできるのを心待ちにしていたのよ。だって、あのレオが結婚するって言うんですもの。どんな方なんだろうって、ずっと、いろいろ想像していたけれど、でも、ほんとうに、かわいらしい方ね。レオが好きになるのもわかるわ」

違います。

今にも、その言葉が口から飛び出していきそうだった。

今そこにいる男は、わたくしのことなんか、少しも好きではありません。わたくしと婚約したのはシルワを手に入れるため。そいつは野心のためだったら平気でなんでもするんです。

（そう。わたくしの心を踏みにじるようなことも……）

アレクサンドラは、たまらず、痛む胸を手で押さえた。

そんなアレクサンドラの様子に気づいていたのか、それともわかっていてあえて触れようとしなかったのか、エルウィンが見張りの兵士が引いていた馬に目を向ける。

「あの黒い馬に乗ってきたの?」

答えたのはレオニダスだ。

「ああ。俺の馬だ」

「いい馬ね」

「あたりまえだろ。俺はいい馬にしか乗らねぇよ。もちろん、女もな」

「まあ」

エルウィンは、レオニダスの下品な冗談に眉をしかめてから、レオニダスの馬に近寄ってその首をやさしく撫でる。

「飼い主に似ない、素直ないい子ね」

「……うるせーよ」

「ああ。お腹がこうでなかったら、一度、乗せてもらうんだけど」

エルウィンがいとおしげに腹に両手を当てた。よく見ると、薔薇色のドレスの下の腹はふっくらとふくらんでいる。

エルウィンは、アレクサンドラに微笑みを向け、しあわせそうに微笑んだ。

「三人目なの」

おめでとうございます、とアレクサンドラがお祝いを述べるより先に、レオニダスがつまらなさそうに口を挟んだ。

「よくも、まあ、ぽろぽろと。ほんと、お盛《さか》んなことで」

ジークフリートがエルウィンの肩を抱き寄せ、レオニダスに勝ち誇ったような笑みを向ける。

「うらやましいのなら、うらやましいと素直に言え」

「ちっ」

「とりあえず、七人が目標なんだ。まだまだがんばらないと」

長身のジークフリートが身を屈《かが》めるようにして、エルウィンの頬にキスを落とした。エルウィンは微笑んでそのキスを受け止めている。その様子を見ているだけで、ふたりが、どれだけ互いを慈《いつく》しみ合っているのかがよくわかった。

「子供たちには明日紹介するわ」

ジークフリートの腕の中でそう言うエルウィンは、見ているのがつらくなるくらいしあわせそうだった。

「遠くからいらしてお疲れになったでしょう？　今晩はゆっくりお休みになってね」

「ありがとうございます……」

招かれるまま、エルウィンに従って建物の中へ入っていくアレクサンドラの胸は、どうしようもないほどに波立っている。

レオニダスの馬の首を撫でながらエルウィンが口にした言葉を聞いて、ようやく得心《とくしん》がいった気がした。

（ああ、そう……。そういうこと……）

では、馬に乗るのが好きで好きでたまらない姫君というのは、この人のことなのだ。ヴェントスから嫁いできたアクイラの王太子妃。愛らしいエルウィン。誰からも愛されるエルウィン。

レオニダスはこの人のことが好きなのだ――。


「さあ。どれがいいかしら？」

目の前には、色とりどりのドレスとリボンや帯が、ずらり、と並べられていた。

「こちらの青がいいかしら？　こちらの薄紅色もいいわね。ああ。こっちのこの刺繍《ししゅう》のも捨てがたいわ。ほんと、迷っちゃう」

エルウィンは、はしゃいだ声を上げながら、取っ替え引っ替えドレスを選び出し、いそいそとアレクサンドラに着せ掛ける。

「まあ。どうしましょう？　アレクサンドラはかわいらしいから、何を着ても似合ってしまうわ。いっそ、全部着てみる？」

翌朝――――。

レオニダスとは別々にあてがわれた寝室で、ひとり、目を覚ましたアレクサンドラは、着替えもしないうちに、エルウィンに拉致《らち》された。

何がなんだかわからないうちに連れていかれたエルウィンの部屋で、待っていたのはドレスの山。抵抗する暇もないまま着せ替え人形にされて、アレクサンドラは困惑しきっていたが、アレクサンドラのそんな戸惑いさえ、エルウィンには楽しいようで。

「さあ。こっちも着てみて。一番似合うのを探すのよ」

渡された淡い薔薇色のドレスに袖を通しながら、アレクサンドラはおそるおそる聞いてみる。

「あの……、レオニダスは……？」

エルウィンはなんでもないことのように言った。

「ああ。レオならジークと一緒に出かけたわよ」

「王太子殿下と？」

書物で得た知識が正しければ、イグニスの将軍レオニダスとアクイラの王太子ジークフリートは犬猿の仲だったはずだ。ここへ来てすぐの時だって激しく言い争っていたし。

（でも……、それって、エルウィンさまのことがあったから……？）

アレクサンドラの想像どおり、レオニダスがエルウィンを好きだったのなら、エルウィンの夫であるジークフリートは邪魔な存在だろう。一方、ジークフリートにとっても、レオニダスは愛妻に言い寄る不埒《ふらち》な男なわけで……。

「レオのことが心配？」

ふいに聞かれて、アレクサンドラは首を横に振る。

「あ……、いえ……。そんなことは……。ただ、レオニダスと王太子殿下は仲が悪いと聞いていたから意外で……」

「ほんとよね。あのふたり、顔を合わせるといつもああなのよ。困ったものよね」

エルウィンが肩をすくめる。

「最初は驚いたけど、でも、最近は、あれはあれで仲のいい証拠なのかな、と思えるようになってきたの」

「仲のいい証拠、ですか？」

「そうよ。あのふたり、どこか似たところがあるのかもしれないわね。たとえば……、うーん、自分で勝手に孤独になっちゃう、みたいな感じのとことか？」

エルウィンの言葉をアレクサンドラは理解できなかった。

「でも、王太子殿下にはエルウィンさまがいらっしゃるじゃありませんか」

「そうね。でも、結局、わたしでは埋められない孤独というものがジークにはあるのよ。

だから、わたしはジークが淋しい時、せめて、寄り添っていてあげたいなぁ、って……」

「……」

「レオにもそういう人ができてよかったわ。彼はとても繊細《せんさい》な人よ。人の心がわかり過ぎるの。だから、今まで、たくさん、つらい思いもしてきたはずよ」

そうなのかもしれない。エルウィンの言うことは正しいのかもしれない。

でも……。

(わたくしは、あの男のことを、何も知らない……)

我《われ》知らず暗い表情になっていたのかもしれない。アレクサンドラを元気づけるように、エルウィンが言った。

「大丈夫よ。レオを信じて」

「エルウィンさま……」

「さあ。殿方のお話は殿方に任せておいて、今は、女は女同士、楽しみましょう」

「……」

「わたし、末っ子だし、ほんとうは妹が欲しかったの。アレクサンドラといると、妹ができたみたいでうれしいわ。それに、今はこのお腹だから、着られるドレスも限られているもの。アレクサンドラがわたしの代わりにいっぱいおしゃれしてちょうだい」

(すてきな人……)

アレクサンドラの胸を震えるような思いが浸した。

(この人は、なんて、すてきな人なのかしら)

あの男が、この人を好きになるのもわかるわ――――。

アレクサンドラは、エルウィンの瞳を見返して言った。

「エルウィンさま。ほんとうに、ありがとうございます」

微笑む琥珀の瞳は、アレクサンドラの胸を渦巻くどうしようもないほどの敗北感さえ溶かしてしまうほど、あたたかかった。


暗闇の中、思わず、吐息が口をついて出た。

眠れない。

昨夜も、疲れているはずなのに、あまりよく眠れなかった。

でも、今夜は、昨夜眠れなかったのとは違う理由で目が冴えてしまって、いつまでたっても、眠りの精は訪れてくれない。

アレクサンドラは、そっと起き上がると、肩かけを羽織《はお》り、手探りで暗い部屋を出た。

折りしも、今夜は、十五夜の月。真夜中にもかかわらず、回廊は青い月の光がいっぱいに満ちて手燭《てしよく》も必要ないほどだ。

ゆっくりと庭園に下りると、名前も知らない木が枝からこぼれんばかりに花をつけ、甘い香りを漂わせていた。シルワでは見かけない植物だ。

その香りを胸いっぱいに吸い込みながら、アレクサンドラがその木の根元にしつらえてあった木の長椅子に腰を下ろした時、ふいに、すぐ近くで誰かの気配がした。

驚いてそちらを見れば、回廊の円柱の影から長身の男が姿を現す。

「レオニダス……？　ひどいわ。脅かさないでよ」

アレクサンドラの文句には答えようとせず、レオニダスは近づいてきて、静かな声で言った。

「どうしたんだ？　こんな夜中に。眠れないのか？」

「そうね。眠るのがなんだかもったいなくて……」

「もったいない？」

「ええ。きっと、今日があまりにも楽しかったせいだわ」

レオニダスとジークフリートが帰ってきたのは、夕方近くになってからだった。それまで、アレクサンドラはエルウィンやそのふたりの子供たちと一緒にのんびり過ごした。

エルウィンの子供たちは、上は父親譲りの銀色の髪をした男の子で、下は、同じ銀色の髪でも少しはちみつ色がかっているところが、母親の血を思わせる女の子。

利発な王子さまは、幼いにもかかわらず、はきはきと挨拶をしてくれたが、姫さまのほうは恥ずかしいのかエルウィンのスカートに隠れてなかなか顔を見せてくれなかった。

強くて賢い父。やさしい母。かわいい子供たち。

絵に描いたようなしあわせがそこにはある。

まだ、アレクサンドラが幼い頃、魔女になる前は、自分たち家族も、他人からはあんなふうに見えていたのかもしれない。アレクサンドラの両親は凡庸《ぼんよう》な人たちだったが、家族は、それなりに、仲がよく、そして、しあわせだった……。

レオニダスは、「そうか」とただひとこと言ったきり、アレクサンドラに許しを請うこともなく勝手にアレクサンドラの隣に腰を下ろしてしまう。

相変わらず、身勝手な男。

でも、その身勝手さも、今だけは、少し、ありがたい。そんなふうに思うってことは、

(もしかして、わたくし、淋しいのかしら……?)

しかし、すぐに、その思いをアレクサンドラは自分で否定した。

(いいえ。違うわ)

だって、わたくしは、何年もの間、東の塔でひとり暮らしてきた。両親や兄妹、国民すべてから『魔女』と忌み嫌われ、誰にも理解してもらえなくても、一度だって淋しいなんて感じたことはなかった。

その自分が、今更、たったこれだけのことで『淋しい』なんて思うはずがない。

ほんの少し前に浮かんだ感情を心の片隅に追いやりながら、アレクサンドラはレオニダスに問いかける。

「王太子殿下となんの話をしていたの？」

エルウィンは「殿方には殿方の話がある」と言った。その言葉のとおり、レオニダスがわざわざアクイラの王太子に会いに来たのは、何も旧交をあたためるばかりが目的ではあるまい。

「別に。特別な話はなんにもしてねぇよ。俺とおまえとの結婚式には絶対出席しろとか、そんな話だな」

だが、その言葉から、アレクサンドラにはレオニダスの意図《いと》が手に取るようにわかった。

「そうね。アクイラの王太子殿下がわたくしとおまえの結婚式に出席するということは、つまり、アクイラがわたくしをシルワの女王として認めるということですものね。アクイラがシルワのうしろ盾《だて》になってくれたら、イグニス王もうかつには動けないし」

アレクサンドラの言葉に、レオニダスが苦笑しながら肩をすくめる。

「まったく。おまえは頭がいいよ」

「でも、意外だわ。おまえとジークフリートさまがそんなに仲よしだったなんて」

「仲よしなんかじゃねぇよ。見ただろ。顔を合わせれば、いつも、即、ケンカだ」

「じゃあ、なぜ、ジークフリートさまに会いに来たの？」

鋭く突っ込んでやると、虚《きょ》をつかれたように、レオニダスは、一瞬口をつぐみ、それから、少し重い口調で話し出す。

「そりゃあ、まあ、あいつくらいしか話が通じるヤツがいないからな」

「ジークフリートさまが有能だってことは認めるのね」

「有能っていうより腹黒いんだよ、あいつは。みんな、あのきれいな顔にだまされて、あいつが、実は、どれほどえげつない性格か気づかないのさ」

「まあ。素直じゃないこと」

ほんとうは、ジークフリートの能力を最も高く評価しているのは自分のくせに。

「なんにしても、当分、アクイラとことをかまえる気はねぇよ」

「そう」

「この俺さま以外にアクイラに攻め込むような根性のあるヤツはいないだろうし、てことは、アクイラは当分安泰《あんたい》ってことだな。そのうち、ジークフリートが王になれば更に発展するだろう」

「そうね」

アレクサンドラも、その言葉には、素直にうなずいた。

シルワからアクイラへと国境を越えた途端、街道は広く整備されたものになった。耕地には作物が豊かに実り、農家からは長閑《のどか》にかまどの煙が上がっている。

裏腹に、シルワ側では捨てられた村をいくつも見た。朽《く》ちていく建物。雑草に覆われた農地。

繁栄を続ける国と衰退《すいたい》の道を辿《たど》る国との違いを、まざまざと思い知らされた心地がする。

そして、祖国シルワをそんなふうにしてしまったのは代々の国王たち。アレクサンドラの父も、そのひとり……。

「シルワは豊かな国になれるのかしら？」

そう聞くと、レオニダスからはきっぱりとした答えが返ってきた。

「あたりまえだろ。手の打ちようがないならともかく、やれることはいっぱいあるしな」

確かに、そうだ。アレクサンドラの父である国王が何もしなかった分、することはたくさんある。いや、むしろ、しなければならないことと言うべきか。レオニダスはよくやっている。その勤勉さ堅実さは褒めてやってもいい。

（どうして……？）

アレクサンドラの心の中で何かが波立つ。

（どうして、粗野で野蛮で獰猛な男のままでいてくれないの……？）

もしも、そうなら、こんなに戸惑わないのに。こんなふうに、緻密で、建設的で、少し繊細なところのある男だと知らなかったら、何がなんでも、嫌って、嫌って、嫌い抜いてやれるのに。

いつしか、レオニダスが隣にいることに慣れている自分がいる。

(こんなの、おかしいわ……)

わたくしがわたくしでなくなっていくみたい——。

アレクサンドラがそんなことをぼんやり考えていると、ふいに、レオニダスがアレクサンドラの金の髪を掌にすくい取った。

「髪、下ろしちまったのか」

はっとして我に帰り、アレクサンドラは横目でレオニダスを一瞥《いちべつ》する。

手持ちのドレスを全部取っ替え引っ替えアレクサンドラに着せ替えさせたあと、仕上げとばかりに、エルウィンはアレクサンドラの金の髪を結ってくれた。

髪を結うのなんて初めてだったから恥ずかしかったけれど、自分では、けっこう似合うかも、なんて思っていた。エルウィンだって、「かわいい」「かわいい」って、手放しで褒めてくれた。

だが、しかし、目の前のこの男は、そんなアレクサンドラを、ちらっ、と見ただけで、まったくの無反応だったのだ。だから、気づいていないんだと思っていた。わたくしが髪を結っていようがいまいがこの男にはどうだっていいことなんだわ、なんて、ちょっと拗《す》ねていたのに……。

「だって、寝る時は解かないと邪魔ですもの」

つん、とそっぽを向いて言ってやると、レオニダスが少し残念そうにつぶやく。

「そうか。あれ、けっこう似合ってたのにな」

たったそのひとことだけで気持ちが弾むなんて、自分でも、ちょっとおかしいんじゃないのかと思う。それなのに、「似合う」と褒められたことが、うれしくてうれしくてたまらない。

アレクサンドラは、その気持ちを押し隠しながら、できる限りのそっけなさを装って言った。

「明日の朝、エルウィンさまがまた結ってくださるっておっしゃっていたわ」

「そうか。うちの部隊は男ばっかりだからなぁ。おまえの面倒を見てくれる女も必要か」

「そんなこと心配しなくてもいいわよ。自分の面倒くらい自分で見られるもの」

「でも、おまえ、ほっとくと、ほんと、色気のない格好ばっかしてるからなぁ」

「余計なお世話よ」

最後は、やっぱり、売り言葉に買い言葉で終わってしまったけれど、でも、胸の奥は、まだ、ドキドキしている。

脳裏に蘇ってくるのは、エルウィンの言葉。手持ちのドレスを全部着せてみたあとで、エルウィンはため息をつきつつ、こう言ったのだ。

『どれもかわいいけど、でも、最初に着ていらした緑のドレスが一番アレクサンドラには似合う気がするわ』

それは、行李の中からレオニダスが選んだ一枚だ。

『もしかして、レオの見立て？』

聞かれて、アレクサンドラは素直にうなずいた。このすてきな人の前で意地なんて張れない。

エルウィンは、その琥珀色の瞳いっぱいに笑みを浮かべ、楽しげな声を上げた。

『なんだか悔しいわ。結局、アレクサンドラのことを一番よくわかっているのは、やっぱり、レオだってことなのね』

（ほんとうかしら……？）

ほんとうに、そうなのかしら……？

自分で自分に問いかけると、胸がさわさわとざわめいた。

レオニダスが一番よくわたくしのことをわかってくれている？　それだけ、わたくしのことを気にかけてくれているってこと？

そう思うだけで、胸がこんなにもドキドキするのはなぜ？

これじゃ、わたくし、レオニダスに恋でもしているみたい——。

（恋!?）

自分で自分の考えに驚いて、アレクサンドラは小さく首を横に振った。

そんなことない。そんなことありえない。

だって、こいつは、野蛮で、傲慢で、自分勝手で、人の話なんか全然聞かなくて、おまけに、女にだらしなくて……。

一生懸命心の中でレオニダスの悪口を並べ立てていると、レオニダスが不審げに言った。

「おい。どうかしたのか？」

「えっ？　いえ、な、な、な、なんでも……！」

（いやだ。わたくし、いったい、どうしてしまったの？）

その場を取り繕おうと、アレクサンドラはあわてて別の話題を探し出す。

「えっと……、そうね。そう。エルウィンさまよ。エルウィンさま」

「エルウィンがどうしたって？」

「おまえ、実は、エルウィンさまのこと、好きなのでしょう？」

図星を指されてうろたえると思った。なのに、レオニダスは、うろたえるどころか、にやり、と口元に笑みを浮かべて、アレクサンドラの碧の瞳をのぞき込む。

「なんだよ？　それ、ヤキモチか？」

「ま、ま、まさか！　誰が、ヤキモチなんてっっっ」

「照れるなよ。かわいいヤツだな」

「照れてなんかいませんっっっ」

レオニダスは、小さく声を立てて笑ったあと、少し声を落として言った。

「まあ、過去には、あいつのことを拉致して俺のものにしようと思ったこともあったんだけどな」

「それで、どうなったの？」

「ジークフリートにバレて拷問されそうになった」

「まあ」

アレクサンドラの脳裏を、いつか、ディミトリオから聞いた言葉が駆け巡る。

『人妻に岡惚れして拉致したり、揚げ句激怒したその亭主に拷問されそうになったりするよりは、ずっと、ずっと、マシですけど』

では、あれって、ただの冗談ではなく、ほんとうにあったことだったのだ。それも、相手はエルウィンだったなんて!!

「この不埒者！　エルウィンさまになんてことをするんです！」

怒りにまかせてレオニダスの頭をぽかぽかと叩くと、レオニダスは痛そうにそれを避けながら言い訳をする。

「だって、あそこの夫婦、政略結婚だったし、うまくいってないと思ってたんだよ」

「なんですって？」

「不仲につけ込んでエルウィンを俺のものにすれば、ジークフリートに恥をかかせてやれるし、うまくいけば、激怒したジークフリートがイグニスに攻めてくるかもしれないだろ。俺は、アクイラに攻め込んであいつにレクタの戦いでの借りを返す気満々だったんだが、イグニス王がすっかり日和《ひよ》っちまってアクイラには絶対手を出すなって言うから、手も足も出せなくてイライラしてるとこだったし……」

なんて言い分だろう。そのあまりの身勝手さに頭痛すら覚えて、アレクサンドラはこめかみに手をやる。

「……呆れた話ね。おまけに、失敗したわけ」

「しょうがないだろ。あのふたりがあんなにラブラブのイチャイチャの甘々だなんて予想外だったんだよ」

「予想外というより調査不足じゃないの？　どっちにしても、おまえの負けです。第一、ジークフリートさまのほうがよっぽどすてきよ。かなわないわね。あきらめなさい」

ぴしゃり、と言ってやると、レオニダスが肩をすくめた。

「ちっ。なんで女はみんなああいう優男《やさおとこ》のほうがいいって言うのかね？　俺だっていい男なのに」

「一度自分の顔をちゃんと見なさいよ」

「ま、いいけどよ。エルウィンは俺には似合わない女だしな」

意外なことを言われた気がして、アレクサンドラは思わずレオニダスの顔を見る。レオニダスはアレクサンドラを見ていない。その黒い瞳はどこか遠くに向けられている。

「あいつは、高原の陽だまりでぽかぽか太陽の光を浴びてそよ風に吹かれている小さな花みたいな女なんだ」

「あ……」

「気まぐれに俺が手折《たお》っていい花じゃねぇってのは最初からわかってるよ」

それ以上レオニダスの顔を見ていられない気がして、アレクサンドラはレオニダスから目を逸らしうつむいた。

(何よ……)

胸の奥から、何か怒りにも似たものがこみ上げてくる。

(何よ。やっぱり、エルウィンさまのことを好きだったたってことじゃない……)

本気で好きだから手を出さなかった。

レオニダスの黒い瞳がそう言っている気がした。

ほんとうに好きな女だからしあわせになってほしかった。

(だったら、わたくしは……?)

レオニダスは出会ったその日にアレクサンドラを陵辱《りょうじょく》しようとした。とりあえず、それは免《まぬが》れたものの、アレクサンドラの命運はシルワの未来と共にレオニダスに握られたまま。

(わたくしのことは好きでもなんでもないから、わたくしの、心も、身体も、生き方も、何もかも、踏みにじってもかまわないというの……？　レオニダスにとって、わたくしはそれだけの女でしかないということなの……？)

急速に、胸の奥からこみ上げてくるものがあった。

惨《みじ》めさだ。

それが、みるみるうちに胸をいっぱいに満たす。満たしても満たしても、まだ、飽《あ》き足《た》らないそれが、身体いっぱいにふくれ上がり、どうしようもなくあふれ出す。

ついに、耐え切れなくなって、アレクサンドラは立ち上がった。

(逃げなくちゃ……)

脅迫観念のように、それだけが頭の中でぐるぐる回っている。

(ここから、逃げなくちゃ……)

早く。早く――。

レオニダスのそばにいたくなかった。この男がすぐ近くにいるというだけで、アレクサンドラはおかしくなる。

胸が苦しい。まるで、何かとてつもないものが胸を食い破って出てくるみたいだ。痛くて、痛くて、もう、息もできない……。

けれども、ほんの一歩さえ踏み出すこともできないまま、引き戻され、身体はレオニダスの腕の中。

「おい。どうしたんだ？　何変な顔してんだよ？」

言われて、初めて、アレクサンドラは自分が今にも泣き出しそうになっていたことに気づいた。

「おまえには関係のないことです」

きっぱりと言ったけれど、レオニダスは聞く耳を持たない。

「なんだよ。やっぱり、妬いてんのか？」

「わ、わたくしは、妬いてなんか……」

「だったら、なんでそんな顔してんだよ？」

吐息が耳朶《みみたぶ》をなぶる。それだけで、身体の芯に、ズキン、と熱い痺れが走った。

「いやよっ……！　いや……！　離して……！」

アレクサンドラは身をよじろうとする。けれども、背後からすっぽりと胸に抱き込まれ身動き一つできない。広い胸は檻《おり》のようだ。アレクサンドラを捕えて離さなかった。

絶望に喘《あえ》ぐアレクサンドラの胸をレオニダスの大きな掌がまさぐっている。首筋を這い下りるキス。どこからか、疼くような痺れが集まってくる。腰の奥にわだかまり、背筋を這い登る。

「いや……！　やめて……！　やめて……！」

そんな自分の変化もおそろしかった。

「こんなことをしてもいいなんて、わたくしは許可した覚えはないわ……！」

精いっぱいの強がり。

嘲笑《あざわら》うように、レオニダスが耳朶を噛みながら言う。

「いいのか？　そんな大きな声出すと、みんなが起きてきちまうぞ」

「……っ……」

「俺とこんなことしてるとこ、みんなに見られてもいいのか？」

そう言われると、もう口をつぐむしかなかった。

耐えるように、両目を、ぎゅっ、と閉じ、唇を噛み締める。

気をよくしたのか、レオニダスの掌はいっそう大胆になっていた。

夜着の上から、胸の頂を探り当て、二本の指でつまむ。敏感な部分が夜着とこすれてむずがゆい。そうして、指先で転がすようにされると、アレクサンドラの身体は、アレクサンドラの意志を無視して、勝手に、ぴくり、と跳ね上がる。

「感じてきたか？」

耳元に直接吹き込まれたささやき。

アレクサンドラは、唇を噛み締めたまま、首を横に振ることで答える。

「強情だな」

レオニダスが笑った。

「もっと素直になれよ。そのほうが人生楽だぜ」

「そんなの……、無理……」

嚙み締めた唇をわずかに解いて吐息交じりの言葉を押し出すけれど、その吐息がひどく甘いことに、きっと、レオニダスは、もう、気づいているに違いない。

胸をまさぐっているのとは別のほうの手が、夜着の裾をたくし上げるのがわかった。大腿をゆっくりと這う掌が、新たな熱をアレクサンドラの元に連れてくる。

「あ……」

一度嚙み締めるのをやめた唇を、再び閉じることはできなかった。開きっぱなしになった唇の隙間からは、さっきよりも、ずっと、ずっと、甘い吐息があふれ出す。

これが快楽というものなのだろうか？

身体をいっぱいに満たす、この知らぬうちに擦り寄ってくるどこか凶暴なものが。

それが気持ちいいのか悪いのかアレクサンドラにはわからなかった。わかったのは、一度それに捕まったら抗《あらが》えないということだけ。

こうやって、自分はレオニダスに身も心も蹂躙《じゅうりん》されてしまうのだろうか？

自分ではない別の女に心を寄せている男に、何もかもを奪われるのか――。

「ふ……」

瞬間、こみ上げてくるものを抑えきれなかった。

「う……ううう……」

こらえ切れない涙が、ぼろぼろ、とこぼれ落ちていく。頬を伝い、胸をまさぐるレオニダスの手の上にも落ちる。

「おい。おまえ、泣いてんのかよ」

さすがに気づいたのだろう。レオニダスの手がゆるんだ。

「こんな時に泣くなんて卑怯《ひきょう》だぞ」

卑怯なのはどっちよ？

言ってやりたかったが、その言葉は嗚咽《おえつ》に邪魔されて口にできなかった。

「ううっ……、うっ、うっ、うっ……」

レオニダスは、手放しで泣いているアレクサンドラの身体の向きを入れ替え、今度は向き合う形に抱き寄せる。

「あーあ……。しょうがねぇなぁ……」

ぼやきながら、レオニダスがアレクサンドラの頭をぽんぽんと軽く叩いた。小さな子供でもあやすような仕草が、なぜか、とても心地よい。

「いいよ。もう、おまえ、そのまま泣いてろよ」

耳朶に触れるささやき。

「俺がこうしててやるから、泣きたいだけ、泣け」

その調べは、胸の奥に、甘く、甘く、しみ込み、アレクサンドラの強張り震える心をそっと抱き締める。

(どうして……?)

アレクサンドラは胸の奥でレオニダスに問いかける。

(どうして、そんなにやさしくするの……?)

ずるい。

いつも横暴で傲慢なのに、こっちの気持ちなんか少しも考えてくれないのに、どうしてこんな時に限ってやさしいの?

お陰で涙が止まらない。思いも寄らないやさしさに押されたかのように、あとからあとからどんどん湧いてくる。

アレクサンドラは、レオニダスの胸に頬をすり寄せ、ただ泣いた。どんなに泣いてもこの胸が受け止めてくれる。そんな気がして、泣き止むことはできなかった。

この男が自分を突き放さないのは、自分がこの男の野望にとって必要な女だからだ。たぶん、レオニダスは、アレクサンドラに対して、利用価値があるというほかにはどんな感情もいだいてはいないに違いない。

それでもよかった。今、ひとりでないことがありがたかった。抱き締めて、甘やかして

くれるこの胸があることが、とても、とても、うれしい……。

でも、そんなふうに思うってことは――。

(もしかして、わたくし、ずっと、淋しかったのかしら……?)

ひとり、東の塔に幽閉されていることが、淋しくて、淋しくて、たまらなかったのかしら……?

今まで、一度だって、淋しいと思ったことはなかった。『魔女』と呼ばれ、忌み嫌われて、東の塔に幽閉されたことをつらいと感じたこともない。

でも、それは、自分がそんな感情から目を背け続けてきたからだ。強がって、意地を張って、「わたくしは平気よ」と虚勢《きょせい》を張っていただけ。

だって、『淋しい』とか『つらい』とか、気づいてしまったら、苦しくて苦しくて、惨めで、悲しくて、自分が壊れてしまう。この世の中に自分の味方はひとりもいないこの孤独に、心も身体も潰されてしまう。

アレクサンドラの脳裏に、初めて会った日、レオニダスが言った言葉が蘇った。

レオニダスは言った。『おまえを『魔女』と呼び、塔に幽閉して、王女としてのおまえの人生を奪ったおまえの両親や兄妹たちに復讐したくはないか?』と。

あの時は何も答えられなかったけれど、今なら言える。

両親や兄妹たちを全く恨んでいないと言えば、それは嘘になってしまうのかもしれない。

でも、わたくしは復讐なんて少しも望んでいないわ。

ただ、淋しかっただけなの。

ただ、ひたすらに淋しかっただけなの――――。

泣いて、泣いて、東の塔に幽閉されていた間こらえていた分の何倍もの涙を流して、ようやく、少しだけ気持ちが落ち着いた。

(わたくし、こんなに弱い人間だったのね……)

いつも強くあろうと思っていたのに、どんな時でも毅然《きぜん》としていなくてはと自分に言い聞かせてきたのに、なんだか、打ちのめされた気持ちだ。

そのくせ、心の中には清々《すがすが》しい風が吹いている。あの東の塔の扉が開いた瞬間に感じたのと同じ風だ。

手を胸に当て、その感覚を胸いっぱいに吸い込みながら、アレクサンドラはレオニダスに問うた。

「おまえは本気でわたくしをシルワの女王にするつもりなのね?」

答えはすぐに返ってくる。

「本気だよ。わかってんだろ? 俺は、この上なく、本気」

「そうまでして自分の国が欲しいの?」

今度は、答えが返ってくるまでに少し時間を要した。

「……そうだな……。俺は自分の国が欲しい」

「なぜ？　イグニスの将軍だってそんなに悪いものではないはずよ。それを失ってなお余りあるものがシルワにあるのかしら？　シルワの国王よりも、イグニスの将軍のほうが、たぶん、高給取りだし」

　アレクサンドラの言葉に、レオニダスが噴き出す。

「はは。違いない」

「だったら、どうして……？」

　沈黙が落ちた。

　レオニダスは言いたくないのだろうか？　それとも、何か言えないことでもあるのか？　あるいは、それはアレクサンドラが詮索《せんさく》してもいいようなことではないのかもしれない。

　それでも、レオニダスのことを知りたいと思った。謎に包まれたレオニダスの正体のほんの一部でも知ることができたら、その分だけ、レオニダスという男に近づける気がするから。

　胸に宿った思いを口にすることができないまま、アレクサンドラは、じっと、黙りこくっているレオニダスを見つめる。泣き腫らした目は真っ赤で、今の自分は、きっと、相当にみっともない顔をしているはずだが、そんなことも気にならないほど、今は、気持ちがまっすぐにレオニダスに向かっていた。

アレクサンドラの無言の思いが届いたのかどうか、それはわからない。唐突に口を開いて、レオニダスは言った。

「俺を生んだ女は旅芸人の踊り子だったんだ」

「……旅芸人……？」

「ああ。東のほうの生まれだったらしいが定かじゃない。子供の時に、旅芸人の一座に口減らしのために売られたんだ。黒い髪、黒い瞳の、なかなかの美少女だったそうだぜ」

では、レオニダスの、この黒い髪、黒い瞳は、その母親から譲り受けたものなのだろう。興味をそそられて、黒い瞳をのぞき込んでみるけれど、そこからはどんな感情も読み取ることはできなかった。

「俺の母親は踊りも上手かったそうだ。俺の母親を気に入って何度も館に呼んでくれた金持ちもいたって話だ。ある夜、そんな金持ちのところに招かれ行ってみると、そこには客が来ていた。まだ少年とも言えるほどの若い男だったが、一目で高貴な生まれとわかる、立派な身なりをしていたらしい。その若い男は、俺の母親をいたく気に入り、俺の母親が処女だと知ると、旅の間、閨《ねや》に侍《はべ》るよう命じた」

レオニダスの声は淡々としている。しかし、そこにひそやかな影が落ちたのを、アレクサンドラは聞き逃さなかった。

身分の高い人から夜伽《よとぎ》を命じられたら身分の低い者は断ることはできない。ましてや、旅芸人であったのなら、踊り子がそれを拒否することは死と同じ意味を持っていたはずだ。

「そのうち、男は去り、身ごもった俺の母親は置き去りにされ、やがて、自分の生命と引き替えに俺を産んだ」

「……お母さまは生命がけでおまえを産んだのね……」

「まあ、どこにでも転がっている、ありふれた話だ。特別なことじゃない」

確かにそうかもしれない。書物の中にも、その手の話はいくらでもある。

だが、生身の人間が語る言葉は、文字で読む言葉よりも、はるかに、重く、生々しく、アレクサンドラの胸に響いた。

「俺は、旅芸人の一座に引き取られ、そこで子供時代を過ごした。俺が仕込まれたのは、剣舞《けんぶ》と軽業《かるわざ》だ。修行は厳しくて、できないと、血まみれになるまで鞭《むち》でぶたれた。その上飯《めし》も食わせてもらえないから、必死になって覚えたが、その当時覚えたことが、傭兵になってから役に立つなんて、世の中、不思議だよな」

なんてつらい過去。そうやって、レオニダスが、今は黒い服の下に隠している鋼《はがね》の肉体と精神を、育《はぐく》み、鍛《きた》え上げたのかと思うと、胸が痛む。

「そのうち、俺も客の前で芸をするようになった。旅芸人の一座とあちこち旅をしたよ。ある日、俺は、とある金持ちの館に招かれた。その館の主は俺をしげしげと見て言ったんだよ。『そうか。おまえがあの時の子か。髪の色と瞳の色は母親似だが、顔立ちにはイグニス王の面影《おもかげ》があるな』ってな」

「え……？」

アレクサンドラは、一瞬、耳を疑った。今、レオニダスは『イグニス王』と口にしなかったか？

「それまで、俺は自分の父親のことなんか考えたこともなかった。考えたってどうしようもないことだと思っていた。だけど、その言葉を聞いた途端、自分の父親がどんなヤツだったのか無性《むしょう》に見てやりたくなったんだ。俺は、旅芸人の一座を抜け出して、イグニスに行き傭兵になった。兵士になれば自分の父親の顔をいつかは見られるだろうからな」

「では……、おまえの父親は……イグニス王なの……？」

「らしいな。俺の母親と知り合った時には、まだ王ではなく王太子だったそうだが」

「イグニス王はこのことをご存知なの……？」

想像外の事実に、声が震える。だが、レオニダスは驚くほどあっけらかんとして言うのだ。

「ご存知《ぞんじ》のわけねぇだろ」

「でも……、親子なのに……」

「おまえだってわかってんだろ？　産まれた子供の身分は母親の身分に順ずるのが慣《なら》わしだ。たとえ、国王の血を引いていても、卑《いや》しい身分の女の腹から産まれた俺は卑しい身分のままなんだよ。王宮で、王子さまたちの仲間入りができるわけじゃない」

「それは……、そうだけど……」

「今更『あんたの子だ』って名乗りを上げてみたところで、冷ややかな目で見られるだけだ。王太子時代に若気《わかげ》の至《いた》りでこしらえた子供を『我が息子よ』なんて抱き締めてくれるほど、あのオッサン、お人好しじゃないぜ」

混乱する頭で、アレクサンドラは考える。王妃が産んだイグニスの第一王子は、まだ十代のなかばで、立太子の儀式も済んでいないはず。あるいは、レオニダスがイグニス王の最初の子供だったとも考えられる。

正式に婚姻《こんいん》を済ませていない男女の間に生まれた庶子が父の跡を取ることができないのは確かだ。しかし、イグニス王にさえその気があれば、レオニダスはイグニス王の手元で育てられ、今ごろは、イグニス王の側近のひとりになっていたかもしれないのに。

「では、おまえは恨んでいるの？」

レオニダスの胸にすがりつくようにして、アレクサンドラはレオニダスの黒い瞳を見上げていた。

「シルワを手に入れて、イグニスに攻め入り、イグニス王に復讐するつもりなの？」

だから、アレクサンドラにも『おまえの両親や兄妹たちに復讐したくはないか？』などと言ったのだろうか？　両親に顧みられなかったアレクサンドラの境遇を、自分のそれと重ねたのか……。

だが、レオニダスは……。

「いや……、復讐ってのとは、ちょっと違うな」

そう言って、少し考え込むような仕草をする。

「そうだな……。正直、イグニス王を見た時は『こいつが俺の親父か』くらいの感じで特になんとも思わなかったんだ。でも、第一王子を見た時に、なんでか知らないが、『こいつが親父の跡を継ぐんだな』ってのが妙に衝撃的だったんだよ。兄である俺にはなんにもないのに、弟であるこいつは国をもらうのかって思ったら、なんか、納得いかなくて……。その時からだな。俺も国が欲しい、俺も国が欲しい、って、頭のどこかでずっと考えていたような気がする。イグニスは俺の国じゃない。俺は傭兵だし、将軍になった今でさえよそ者扱いだ。そう、俺は純粋に自分の国が欲しいんだ。俺のものだって思える国が」

「なんだか、駄々《だだ》っ子みたいだね」

アレクサンドラは少しだけ笑った。

「弟にだけ美味《おい》しいお菓子をやるなんてズルい、僕にもくれー、って拗《す》ねてるお兄ちゃんみたい」

「ちっ。うるせーよ」

揶揄《やゆ》されて、レオニダスは不満たっぷりに文句を言った。その様子に更に笑みを誘われながらも、アレクサンドラの胸に悲しみが満ちていく。

両親の愛に恵まれなかったレオニダスのことが憐《あわ》れで仕方がなかった。その孤独が胸に突き刺さって痛い。

（わたくしたち、どこか似ていたのね……）

アレクサンドラもまた親に捨てられた。誰にも顧みられず、孤独だった……。

何か言いたいのに、何も言えない。

そんな気持ちで、アレクサンドラはレオニダスを見上げた。

月明かりの下、レオニダスの黒い瞳にはもの問いたげな自分が映っている。

「わたくしは……」

続く言葉を失った唇を封印するように、レオニダスは人差し指をそっと当て、それから、その大きな掌でアレクサンドラの頬を包む。

何をされるのか、される前からわかっていた。でも、いやではないと思った。だから、静かに瞳を伏せた。

それが合図だったみたいに、レオニダスが身を寄せてくる。

吐息が唇に触れた。それから、唇が唇に。

やさしいキス。

何度か触れて離れてを繰り返し、軽くアレクサンドラの唇を吸って、それから名残惜しそうに遠ざかっていく。

ゆっくりと瞳を開くと、そこには、怖いくらいに澄んだ黒い眼差しがあった。

レオニダスが言った。

「アレクサンドラ。おまえはどうしたい？」

「わたくし……？」

「俺は俺の国が欲しい。その欲望に従って行動する。では、おまえは？　おまえは何がしたい？」


階段を上ってきたのがアレクサンドラだと知ると、東の塔の見張りの兵たちは、さっと、槍《やり》を下ろし、アレクサンドラを塔のてっぺんの小部屋へと入れてくれた。

久しぶりに足を踏み入れた部屋は、まるで初めて訪れた場所のようだった。何年もの間ここで暮らしていたはずなのに、その時のことは、本の中のお話の世界よりも遠く感じる。

（この部屋、こんなに狭かったかしら……）

なんだか不思議な気持ちでアレクサンドラは小窓に歩み寄った。以前は、小窓には板が打ち付けられ、外はいっさい見ることができなかったが、今は、その板も外され、そこから差し込んでくる太陽の陽射しが小部屋の中をほわほわと満たしている。

戸惑いながら小窓から外を見ると、庭のはずれにあるハーブ園が目に留まった。ハーブ園では、あの若い兵士がせっせとハーブの手入れをしている。

彼は、仲間から『ジャラード』と呼ばれているらしい。ずっと南のほうの言葉で『バッタ』という意味なのだそうだ。剣の練習をする姿がまるでバッタみたいだとからかわれた末についたあだ名らしく、本人は気に入っていないようだが、こうして、ハーブ園をぴょこぴょこと飛び回っている姿はバッタそのもので、なんだか微笑ましい。

思わず笑顔で見守っていると、ジャラードは、ハーブ園の端の、最も日当たりがよいあたりに新しく作られた苗床《なえどこ》に移動した。

あのあたりには、ジークフリートからもらった種が何種類か撒《ま》かれている。早いものはもう発芽《はつが》して双葉《ふたば》を開かせていた。

アレクサンドラの脳裏をジークフリートの言葉が蘇る。


アクイラを去る朝、ジークフリートは小さな包みを差し出してアレクサンドラの手に握らせた。

「これは、アクイラの修道院で栽培されているハーブの種です。おそらくシルワでは自生《じせい》していないと思われるものを選んでみました。もしかしたら、気候に合わない可能性もありますが、よかったら、栽培してみてください」

アレクサンドラは、押し頂くようにそれを受け取ってから、ジークフリートの顔を驚きいっぱいに見つめた。

「わざわざお持ちくださったのですか？」

「あなたがハーブに興味がおありだと窺ったので。本来は修道院が管理しているものなのですが、王太子特権でちょっとだけいただいて参りました」

ジークフリートの水色の瞳に少しいたずらっぽい笑みが浮かぶ。

それは、たぶん、修道士たちの目を盗んで農場から種を盗んできたという意味なのだろう。

恐縮過ぎて、アレクサンドラは思わず肩をすぼめる。

「恐れ多いことでございます」

「かまいません。気にしないでください」

ジークフリートは小さく声を立てて笑った。

「アクイラでもハーブを治療や療養に使いますが、そういった知識やハーブそのものはすべて修道院が独占していて、私たち王族でさえ、時々その恩恵に預かる程度です」

「そう、なのですか？」

「ええ。ですから、ハーブの知識を皆に広く分け与えたいというあなたのお考えには大変感服《かんぷく》いたしました。本来、こうした人々の生活に役立つ知識は共有されるべきものだと私も思います。それが、王族であれ、庶民であれ、ね」

思ってもみなかったことを言われ、アレクサンドラはジークフリートの顔をまじまじと見つめる。

ジークフリートはアレクサンドラの碧の瞳を見下ろして密《ひそ》やかに言った。

「シルワは古き伝統を今も語り継ぐ国です」

要するに、それだけ迷信深いということだ。

「アクイラならば、あなたも『魔女』と呼ばれることはなかったでしょうに」

その言葉の中に潜《ひそ》む哀れみが、アレクサンドラの心にかすかな痛みをもたらした。けれども、その痛みが、それ以上にアレクサンドラを傷つけることは、もう、ない。

淋しさも、悲しみも、苦しみも、いつも、胸の中にある。

以前は、それを認めることが怖かった。

でも、今は……。

アレクサンドラは、そっと微笑み、首を静かに左右に振った。

「王太子殿下。わたくしは、殿下にそのようなことをおっしゃっていただけるような、たいそうな者ではございません」

「でも、傷ついたり、病に苦しんでいる人を見たら放ってはおけない。たとえ、自分が魔女と蔑《さげす》まれることになっても助けずにはいられない。……違いますか？」

問いかけられ、答える言葉を失った。

ジークフリートの美しい顔に微笑みが浮かぶ。

「アレクサンドラ。あなたは大変慈悲深い人だ。あなたのような方が女王になれば、シルワはきっとよい国になるでしょう」

「……わたくしは……」

「いずれ、私はアクイラの王になります。私は争いのない平和な世の中を作りたい。私の妻や子供たちが笑顔で暮らせる日々を守りたい。その時には、アレクサンドラ。あなたも、シルワの女王として、私の夢の手助けをしてくださいませんか？」


アレクサンドラは、思わず、ため息をつく。

ジークフリートの声が、今でも耳の中で渦巻いているような気がした。

レオニダスがどのような説明をしたのかは知らないが、ジークフリートの中では、アレクサンドラがシルワの女王になることは既に決定事項のようだ。

でも、アレクサンドラはまだ決めていない。女王になる覚悟なんて、少しも固まっていない。

アレクサンドラはアクイラでの夜のことを思い出す。

レオニダスは言った。

『アレクサンドラ。おまえはどうしたい？』

『俺は俺の国が欲しい。その欲望に従って行動する。では、おまえは？　おまえは何がしたい？』

そんなこと、考えたこともなかった。

ずっと、東の塔の中に閉じ込められひとりで生きてきた。どんな夢も、欲望も、アレクサンドラからは遠くて、望むことさえ許されなかった。

（わたくしの望みは何……？）

また、この東の塔に戻りたい？

（いいえ。それはないわ）

ジャラードとハーブ園の手入れをしたい。ディミトリオとくだらない話もしたい。それに、エルウィンとまた会う約束をした。東の塔での幽閉生活に戻ってしまったら、約束を守れない。

では、両親をこの城に呼び戻し、昔のように家族仲よく暮らしたい？

それは……、少しだけ魅力的な考えのような気もする。アレクサンドラを『魔女』だと呼んで忌み嫌い、あまつさえ、東の塔に幽閉した張本人だけど、でも、やはり、家族に対する愛情はアレクサンドラの中から完全に消え去ってはいなかった。家族としてやり直せるものならば、新しくやり直したい気もする。

でも、父が国王としてシルワに戻ってきたら、レオニダスが進めている改革はすべて白紙に戻ってしまうだろう。

せっかく、国民たちもこの改革に希望を見出し、シルワの国にも少しずつ活気が生まれ始めてきているのに、それでは、国民たちに申し訳ない気がした。

第一、そんなこと、レオニダスが許すはずもない。

それなら、わたくしは女王になりたいの？

（わからない……）

あの男の妻となって、シルワを共に治めることが、わたくしの望みなの？

（わからない……！　そんなの、わからない……!!）

自分で自分がわからないことがおそろしかった。

わたくしは、いったい、どうしたいの？

何を望んでいるの――――？

ぐるぐる同じところばかり回り続けている思いを、その時、ふいに、誰かの声が打ち破った。

「こんなところにいたのかよ」

レオニダスだ。

一気に、鼓動が跳ね上がる。

最近、いつもこうだ。アクイラでのあの夜、レオニダスとキスを交わしてから、アレクサンドラの胸は、どうやら、おかしくなってしまったらしい。レオニダスを必要以上に意識して、平静を保てなくなる。

そんな自分を悟《さと》られたくなくて、アレクサンドラは、頑《かたく》なに小窓から視線を外に向けたまま、振り向こうとはしなかった。

「なんだよ。古巣が恋しくなったのか？」

アレクサンドラの思いを知ってか知らずか、レオニダスは屈託《くったく》がない。

「でも、この部屋はダメだぞ。毎晩あの階段を上るのはさすがに面倒だからな」

毎晩通うということは、つまり、そういうことで……。

レオニダスとそうなる自分を思わず想像してしまい、アレクサンドラは真っ赤になった。

「どうして、おまえはそういう下品なことばかり言うの？」

抗議する声も、知らず知らずのうちに上ずっていく。

「ほんとうに野蛮ね。少しはジークフリートさまを見習ってほしいわ」

途端に、レオニダスの声が不機嫌になる。

「なんだよ。おまえまであいつの肩を持つのかよ」

「だって、ジークフリートさまって、とっっってても、紳士的で、すてきなんですもの。ほ

「んと、エルウィンさまがうらやましいのにな ぁ」

「ああ。そう。そうかよ。そういうこと言うのかよ。せっかくいいもの持ってきてやったのになぁ」

「え……？　いいもの……？」

「大昔に書かれた物語の写本らしいぜ。方々探し回って、おまえのために、ようやく手に入れてやったのによ。なーんだ、いらないのかー」

アレクサンドラは、ぱっと振り向き、レオニダスの手の中にあるものを見た。古びた表紙には『英雄伝』の文字。ということは……。

（プルタルコスの英雄伝？）

うれしさのあまり笑顔になって、アレクサンドラは、レオニダスに向かって両手を差し出した。

「いる！　絶対、いる!!」

「だめだ。俺を無視しようとした悪い子にはやらない」

「そんな意地悪言わないで、ちょうだい!!」

手を伸ばすと、レオニダスは本を掴んだ手を高く差し上げる。背の高いレオニダスにそれをやられると、アレクサンドラがどんなに手を伸ばしても届かない。わかってはいるけれど、あきらめきれなくて、一生懸命本に向かって手を伸ばすと、ふいに、レオニダスと目が合った。

気がつけば、ぴったりと胸が触れ合うほどに密着している。それまでは感じなかったレオニダスの体温が急に生々しく伝わってきて……。

「……っ……」

アレクサンドラは、息を飲み、あわててレオニダスから離れた。

ひどく不自然な態度をからかわれるのではと思ったが、レオニダスは何も言わない。ただ、黙ってアレクサンドラを見ている。

ここのところ、こんな妙な雰囲気になることが時々あった。そのたびに、どうしていいのかわからなくて、アレクサンドラは戸惑ってしまう。

これも、あのアクイラの夜からだ。あれから、レオニダスはアレクサンドラには触れなくなった。もちろん、冗談半分に、肩を抱かれたり、腕を取られたりすることはあったけれど、でも、それも、どこかよそよそしくて、以前のように、欲望に滾る眼差しを向けられることも、胸や身体をいやらしくまさぐられることもない。

それは歓迎すべきことのはずだった。レオニダスに弄《もてあそ》ばれたいなんて、自分は欠片も思ってはいない。

(なのに、なぜ、胸の中が突然空《から》っぽになったみたいな気になるの？)

自分でも理解のできない感情だった。

わたくしには、もう、女の魅力を感じなくなったの？　それとも、やはり、エルウィンさまのほうがいいの？　だから、わたくしには触れないの？　わたくしのことなんて、もう、どうでもよくなってしまったの――――？

思いが乱れる。自分で自分を制御できない。

これでは、ほんとうに、レオニダスに恋でもしているみたいだ。それも、かなわない恋。決して報《むく》われない恋。

（わたくし、どうなってしまったの……？）

こんなの、おかしい。自分が自分でなくなっていくみたい。

うつむいて顔を背けてしまったアレクサンドラをどう思ったのかは知らない。レオニダスが、アレクサンドラの目の前に本を差し出してきた。

アレクサンドラは、おずおずとそれを受け取り、そして、たいせつにたいせつに胸に抱き締める。

「おまえって、つくづく変わった女だなぁ」

レオニダスが苦笑しながら言った。

「きれいなドレスや高価な宝石をやっても見向きもしないくせに、こんなものもらって喜ぶんだから」

「余計なお世話よ」

まだドキドキする胸を持て余しながら、アレクサンドラは言い返した。

「本の中には真理があるのよ。本は人生を導いてくれるわ」

「そんなもんかねぇ……」

「まあ、おまえのような野蛮人には理解できなくてもしょうがないとは思いますけど」

「野蛮人ね……」

レオニダスの視線がアレクサンドラの上に落ちる。眼差しが絡み合う。

キスされるのかな、と思った。

違う。

ほんとうは、キスしてくれないかな、と思ったのだ。

レオニダスとキスを交わしたのは、アクイラでの夜の、あの一度だけ。

あのキスは、やさしかった。

とても、とても……。

瞼の上に影が落ちる。押されるようにして睫を伏せた。吐息が頬にかかる。あと少しで、唇が触れ合う。

その時――――。

ふたりを引き離したのは、切羽詰ったようなディミトリオの声。

「将軍！　大変です!!」

アレクサンドラは急いでレオニダスから飛びのいた。

自分は、今、何を考えていた？　何をしようとしていた？

頭がくらくらする。胸の奥がよじれそうだ。

ぐるぐる回る視界の中でディミトリオが言った。

「ふたりとも、こんなところにいたんですか。もう。城内探し回っちゃいましたよ」

その言葉を裏付けるように、ディミトリオの息は荒い。

「で？　どうした？」

少し不機嫌そうにレオニダスが問い質《ただ》した。

「いいところを邪魔したんだから、それ相応の用件でなかったらぶっ飛ばすぞ」

普段ならディミトリオも軽口で応酬しただろう。でも、今のディミトリオにはその余裕もないようだった。

「大変です。将軍。珍客です」

息せき切って、ディミトリオが言った。

「オレクです。王太子のオレクが、将軍とアレクサンドラさまに恭順《きょうじゅん》したいと、ヤロスラフ王の剣を携《たずさ》えてやって来ました」

「兄が……？」

「はい。おふたりに謁見《えっけん》を求めておいでです」

兄が戻ってきた。

レオニダスに恐れをなし、国を捨て、どこかへ逃げた王太子が。

（レオニダスとわたくしに恭順したいって？）

つまり、それは、アレクサンドラを女王として認めるということか？　その上で、臣下としてアレクサンドラに仕えるということか？

（そんなこと、あるのかしら……？）

なんだか信じられない。アレクサンドラが知る限りでは、兄のオレクは人一倍国王の座に執着していたように思える。もちろん、アレクサンドラが知っているのは、アレクサンドラが十二歳の頃までのオレクでしかない。あるいは、アレクサンドラが東の塔に幽閉されている間に兄は変わったのだろうか？

なんにしても会わないわけにはいかなかった。

アレクサンドラは、一度部屋に戻り、レオニダスから送られた緑のドレスに着替え、翡翠の首飾りを身につける。

こうして装ってみたところで、アレクサンドラはアレクサンドラ。女王としての威厳《いげん》なドレス。それでも、何か自分の心の支えになるものが欲しかった。レオニダスが選んだドレス。エルウィンが一番似合うと言ってくれたドレス。これで、少しでも自分を奮《ふる》い立たせたい。

　身支度をして謁見の間へ向かうと、レオニダスは既に来ていた。ためらうアレクサンドラを玉座に座らせ、そのまま黙ってアレクサンドラを守るように傍《かたわ》らに立ち尽くす。

　ほどなくして、オレクがディミトリオに連れられて入ってきた。武装はしていない。小刀一つ帯びてはいないようだ。もっとも、両側をレオニダス麾下《きか》の屈強な兵士に挟まれていては、たとえ剣を携えていたところで、オレクには手出し一つできはしないだろうが。

　オレクは、アレクサンドラの足元にひざまずくと、恭《うやうや》しく頭を下げた。

　久しぶりに見る兄は、以前よりも背が伸び、肩幅も広くなって、すっかり大人の男になっていたが、それでも、一目見て兄のオレクだとわかった。どこか小ずるそうな目つきも、皮肉めいた口元も、何一つ、変わってはいない。

　オレクが頭を上げた。その顔には、いっぱいに笑みが浮かんでいる。

「大きくなったな。アレクサンドラ」

　久々に聞く兄の声は驚くほどに親しげだった。

「あの小さかったアレクサンドラがこんなに美しくなっているなんて思いもよらなかった。さあ。この兄に、もっと、顔をよく見せてくれ」

立ち上がったオレクが近づいてくる。アレクサンドラに向かって無遠慮に手を伸ばす。咄嗟にどうしたらいいのかわからなかった。オレクの手を振り払いたい。でも、振り払うのも怖い。何より、オレクの真意がわからないことがアレクサンドラを不安にさせる。戸惑うアレクサンドラとオレクの間に、ふいに、剣が割って入った。

レオニダスの剣だ。

レオニダスは、アレクサンドラを守るようにアレクサンドラの前に剣をかざすと、冷たい目でオレクをねめつける。

「それ以上女王に近づくのはご遠慮願いたい」

レオニダスの声は今まで聞いたことがないほど冷たく鋭かった。

「たとえ兄君とはいえ、女王の前では立場をわきまえていただきたい」

にべもなくあしらわれたことに腹を立てるのではないかと思ったが、オレクは、肩を小さくすくめただけで、あっさりと引き下がる。

「悪かったよ。アレクサンドラ。久々の兄妹の再会だったから、つい、うれしくてはしゃぎ過ぎてしまっただけなんだ」

「……」

「なんだよ。そんな顔するなよ。もしかして、東の塔に閉じ込められたことで僕を恨んでいるのか？　いや、僕は反対したんだぞ。いくらなんでもひど過ぎるって。だけど、父上や母上が、おまえのことを怖がって、どうしても東の塔に行かせるって言うから仕方なく……。だって、しょうがないだろ？　父上と母上にそう言われたら、僕だってそれ以上逆らえない。おとなしく言うとおりにするしか……」

放っておくと、オレクの言い訳はいつまでも続きそうだった。

昔からそうだ。この兄ときたら、いつも、言い訳ばかり。オレクにかかれば、どんなことも、全部、他人のせいになってしまう。

「言い訳はもうけっこう」

アレクサンドラは、ぴしゃり、と言った。

「それよりも、用件をおっしゃって。元王太子殿下」

皮肉たっぷりの言葉に、オレクの口元が歪《ゆが》む。アレクサンドラと同じ碧の瞳には、一瞬、憎悪の炎が燃え上がったが、しかし、それは、すぐになりを潜め、いかにも心外だという表情に変化した。

「悪かった。アレクサンドラ。久しぶりだったから、つい、うれしくて」

「……」

「ああ。そう。そうだった。用件だね。いや、だから、おまえがこの国の女王になると聞いたから、少しは僕もおまえの力になれることがあるんじゃないかと、こうしてはせ参《さん》じた次第さ」

「わたくしの力に?」

「こう見えても、僕は元王太子だからね。役に立つと思うよ。色々とね」

オレクはにこにこと笑っている。

(信用できるの?)

信用していいの?

仮にも相手は血のつながった兄だ。できるものなら信用したい。しかし……。

「それは兄上がわたくしの臣下に下《くだ》るということですか?」

問いかけると、オレクは一も二もなくうなずいた。

「もちろん、そうさ。女王陛下のために身を粉《こ》にして働くよ」

「わたくしはこのレオニダスと婚約しています。いずれ、わたくしたちが結婚したら、わたくしの夫にも、わたくしに対するのと同じ忠誠を誓ってくださるのかしら?」

さすがに、この質問には、すぐに答えが返ってこなかった。

オレクは、うさんくさそうな眼差しでレオニダスを一瞥《いちべつ》すると、大きく肩をすくめ、それから、ため息をつく。

「元王太子の僕がそいつみたいな下賤《げせん》の者にかしずくなんて本来ありえないことだけど、女王陛下のご命令とあれば仕方がない。受け入れるよ」

なんて失礼なと思いはしたが、アレクサンドラは口に出さなかった。さりげなく隣にいるレオニダスの顔色を窺ってみると、レオニダスは涼しい顔をしている。たぶん、レオニダスはこんなことには慣れているのだろう。それが、血筋に寄らず、力でのし上がった者の宿命なのだ。

アレクサンドラは、オレクに視線を戻し、おもむろに問いかける。

「ヤロスラフ王の剣をお持ちになったとか？」

オレクは大きくうなずいた。

「ああ。王の証がなければ、おまえも戴冠式の時、困るだろう？」

その言葉が合図だったように、ディミトリオがしずしずと大きな剣を両手で捧げ持ちアレクサンドラの前に差し出した。

アレクサンドラは、ずしり、と重いその剣を手に取り、確かめる。

「間違いありません。これは、いつも戴冠式で使用されているヤロスラフ王の剣よ」

その言葉の意味を真に理解できたのはレオニダスだけだ。この剣は、確かに戴冠式には使われているが、本物のヤロスラフ王の剣ではない。ヤロスラフ王が振るったという伝説の剣は今はレオニダスが所持《しょじ》している。

そんなことなど何も知らないオレクは、うれしそうにうなずいた。

「贋物を持ってきてかわいい妹をだましたりはしないよ。ほら。ちゃんと、あの時の傷もあるだろう？」

言われて目を凝《こ》らすと、柄に近いあたりに小さな傷が残っているのが確認できた。これは、子供の頃、オレクがいたずらをして石を投げた時にできた傷だ。

そういえば、あの時も、オレクは散々いろんな言い訳をして、結局、アレクサンドラのせいにしてしまったのだ。お陰《かげ》で、アレクサンドラは両親にこっぴどく叱《しか》られた。

「父上と母上は、今、どうしていらっしゃるの？」

アレクサンドラがそう聞くと、オレクは言葉を選ぶようにして答える。

「居場所を明かすことはできないが、おふたりともお元気だ。とりあえず、不自由なく暮らしておいでだよ」

「父上と母上は帰ってはおいでにはならないの？」

「おふたりとも、そこの黒い男を極端に恐れておいでだからね。それに、相変わらず迷信深くて、『こんなことになったのは、やはり、魔女の呪いのせいだ』なんておっしゃっているくらいだから、ちょっと無理かな」

「では、どうして兄上は帰っていらしたの？」

忌み嫌っていた妹の前に膝を屈するという、オレクにとっては屈辱的でしかないようなことをしてまで、シルワに戻ってきたのはなんのためなのか？

「それは……」

オレクはわずかに言い澱んだ。

「それは、あれだよ。僕はついこの間までシルワの王太子だったんだからね。そうでなくなった今でも、やっぱり、シルワという国に対して責任があると思うんだ。妹のおまえが女王になるというのに、兄である僕がシルワを放っておくわけにはいかないだろう?」

(逃げたくせに……)

アレクサンドラは胸の中で言い返す。

(一度は何もかも放り出していったくせに、どの口が今更そんなことを言うの?)

「わかりました。とりあえず、この剣はいただいておきます」

アレクサンドラが宣言するように言うと、オレクは満足そうな笑みを浮かべた。

「うれしいよ。アレクサンドラ。信用してくれて」

「兄上の処遇《しょぐう》ですが、しばらくは客人扱いということでよろしくて?」

「むろん、かまわないよ」

「ただし、武器の携帯はお控《ひか》えくださいね。少しでもおかしな真似をなされば謀反《むほん》と疑われることをお忘れなく」

『謀反』の言葉に、一瞬、オレクの瞳に鋭いものが走る。けれども、すぐに、従順そうに下げられた頭に隠され、それは見えなくなった。

「では、兄上。長旅でお疲れでしょうから、少しお休みになって。今、部屋を用意させますから」

アレクサンドラがそう言うと、オレクはアレクサンドラに向かって深々と頭を下げ、部屋を出ていく。ディミトリオやほかの兵士たちも、オレクを囲むようにして退出する。

その姿をじっと見つめていたアレクサンドラは、オレクの背中が見えなくなると、ようやく、深いため息を吐き出し、肩から力を抜いた。

緊張した。こんなに緊張したのは生まれて初めてだ。今でも、背中を冷たい汗が伝い、頭の芯はくらくらしている。

「なかなかよかったぞ。女王さま」

レオニダスはそう言って、アレクサンドラの頭を、ぽん、ぽん、と軽く撫でた。

小さな子供を甘やかす時のような仕草。でも、今は、なぜか、それが心地よい。疲労し強張った胸が、ゆるやかに解れ、癒《いや》されていくみたい。

ふう、と細い息を吐き、それから、アレクサンドラは立ち上がってオレクが持ってきた剣をレオニダスに渡す。

レオニダスは、片手で軽々と剣を持ち上げ、天に向かって差し上げた。

「やっぱ、今イチ。本物のほうが断然手になじむな」

そんなものなのだろうか？　剣を持ち慣れないアレクサンドラには違いなんてわからないけれど……。

「これ、どうするよ？」

聞かれて、アレクサンドラは玉座の上を指差した。

「いつもはあそこに飾ってあったわ」

壁には、剣を飾るための金具が二つ、なんとなく所在なさげに並んでいる。

「意外と無防備なんだな。戴冠式に使う大事な剣じゃねぇのかよ」

言われてみればもっともだった。以前は子供だったから気にしたこともなかったけれど、確かに、いささか扱いがぞんざいだ。

「たぶん、この剣が贋物だからなんでしょうね」

「それもそうだな」

「盗まれたらまた作ればいい、くらいの気持ちだったのかも」

だから、オレクも惜しげもなくこの剣を差し出したのだろう。

「そういうことなら、こいつは、また、あそこに飾っておくか」

レオニダスはそう言って、オレクが持ってきた剣を壁にかけた。贋物とわかっていても、そこにヤロスラフ王の剣があるのは、なんとなくいい。それだけで、一度は王を失った玉座が、わずかながらも息を吹き返したように見える。

「本物はどうなっているの？」

そう聞くと、レオニダスは振り向いて言った。

「俺が預かっている。ちゃんと手入れもしてあるぜ」

「そう」

「あのバカ兄貴の目が届かないところに隠しておいたほうがいいかな？」

「ええ。そうするべきよ」

うなずいてから、アレクサンドラはうつむいたまま密やかな声でそっと告げた。

「兄のことはあまり信用しないほうがいいわ」

「最初から信用してねぇよ」

「昔からそうなの。兄は他人を陥《おとしい》れて楽しむようなところのある人なのよ。兄ひとりで何ができるとも思えないけど、気をつけるにこしたことはないわ」

「そりゃ、俺は重々気をつけるが、でも、いいのか？　あいつと対立することになっても。おまえにとっては、血のつながった兄なんだろ？」

そう聞かれて、初めて気がついた。

本来であれば、兄のオレクがレオニダスに害されることを心配するべきなのに、自分はその逆のことばかり考えている。兄のオレクではなく、レオニダスを守りたいと心の底から願っている。

いつの間にか、アレクサンドラの心はすっかり兄であるオレクから離れていた。今のアレクサンドラにとっては、兄であるオレクよりも、レオニダスのほうがよほど近しい存在なのだ。

アレクサンドラの心に痛みが満ちる。

それは、家族の絆《きずな》からもぎ離されていく悲しみ。そして、あれほど嫌いだった男が、いつしか自分の心の中に忍び込み、住み着いていることに対する、甘い驚きと疼き……。

「仕方がないわ。そのうち、兄の真意がわかれば、手の打ちようもあるでしょう」

「そうだな」

「あんな兄でも、昔はよく遊んでくれたのよ。勉強も見てくれた。意地悪されたこともあったけど、でも、兄のことを嫌いではなかった。実の兄のことをこんなふうに疑わなくてはならないなんて、なんだかせつないわね」

レオニダスの大きな腕がアレクサンドラの背中に回る。ふわり、と抱き寄せられ、広い胸の虜《とりこ》になる……。

「悪いな。俺がおまえを女王にすると言わなければ、こんな苦しみを味わうこともなかったのに」

突然の謝罪に、アレクサンドラは少し笑った。

「だったら、その計画、取りやめにしてくれるの？」

「それはそれ。これはこれ」

「ほんと、自分勝手ね」

「なんとでも言ってくれ」

アレクサンドラの脳裏を、再びレオニダスの言葉が駆け巡った。

『アレクサンドラ。おまえはどうしたい？』

『俺は俺の国が欲しい。その欲望に従って行動する。では、おまえは？　おまえは何がしたい？』

オレクに国を渡したくない。

それだけは確かだ。

オレクに国を任せれば、また、シルワの国土は荒地のまま放置され、国民はただ搾取《さくしゅ》されるだけの存在になってしまう。

そんなのはダメ。絶対に、許せない。

そのくせ、「だったら、わたくしが女王になって国をよくするの？」と思うと、途端に気持ちがくじけてしまう。

たぶん、それは、女王になることを、アレクサンドラ自身が決めたわけではないからなのだろう。

わたくしは、否応なくレオニダスの野望に巻き込まれただけ。これは、自分の意志ではないわ。

その思いが、アレクサンドラを強く戸惑わせている。

このままでいれば、いずれ、レオニダスの思惑通りになるのは目に見えていた。アレクサンドラは女王となり、レオニダスはその夫となる。レオニダスは望みのとおり自身の国を得て、この国の影の支配者となる。

けれども、それが、少しずついやでなくなってきている自分がいるのも事実だった。

どんな立場であれ、レオニダスが為政者《いせいしゃ》となれば、シルワはアレクサンドラの父が国王だった頃よりも豊かになるだろう。少なくとも国民のためにはそのほうがいい。

(では、わたくしは……?)

このまま、ずるずるとレオニダスと結婚してしまってもいいの？　わたくしではない、別の女性に思いを寄せているこの男と……。

ここのところ、ずっと、そうだ。レオニダスと自分のことに考えが及ぶと、気持ちも頭もひどく乱れて、それ以上何も考えられなくなる。胸が苦しくて、せつなくて、息もできない……。

「何がそんなに不安なんだ？」

うつむいたきり、何も言わないアレクサンドラの態度を不審に思ったのだろう。レオニダスは、そっと、アレクサンドラの金の髪を撫でながらささやいた。

「大丈夫だ。俺が絶対におまえを女王にしてやる」

そのささやきは、頭の芯を溶かすほどに甘い。なのに、なぜか、心は凍りついていく。

「おまえは何も心配することはない。おまえは俺が守ってやる」

うれしいと素直にそう思えるのに、でも、一方で、とても悲しい。

相反《あいはん》する二つの思いの狭間で、アレクサンドラはようやくその理由にたどり着く。

ほんとうに言ってほしいのは、そんなことじゃなかった。

今、わたくしが求めているのは、もっと別の言葉なのに……。


早朝――――。

まだジャラードたちも作業を始めていないくらい早い時間に、アレクサンドラは、ひとり、ハーブ園を訪れた。

胸には、ぼろ布に包まれたものをしっかりと抱き締めている。かなり細長くて重いものだ。非力なアレクサンドラでは、持って歩くのも一苦労なほどの。

その中には本物のヤロスラフ王の剣が入っている。レオニダスがヤロスラフ王の墓から引き抜いたあの剣だ。

アレクサンドラは、レオニダスから預かったその剣を、やわらかいなめし革に包んだ。更にそれを古いリンネルで包み、最後にぼろ布を巻いて、中身が何かわからなくしたのちに部屋から持ち出す。

隠し場所は慎重に選ばなくてはならない。誰にもみつからない場所。不審に思われない場所。それでいて、必要なときにはすぐに取り出せる場所。

いろいろ考えたけれど、ほかには思い当らなかった。

アレクサンドラは、緊張に高鳴る胸をなんとかなだめながら、ハーブ園の片隅にある作業用具をしまってある小さな小屋の扉を開け、その奥にぼろ布に包まれたヤロスラフ王の剣を押し込む。

ここならば、特定の者しか中を見ないし、こんなところにヤロスラフ王の剣があるなんて誰も思わないはず。少なくとも、汚れることや、下々の者が作業をする場所を嫌うオレクがここに近づく可能性は限りなく低いだろう。

小屋の扉を閉じると、大変なことをなんとかやり終えた虚脱感《きょだつかん》が襲ってきた。胸の深い場所にわだかまったものをため息と共に吐き出すと、アレクサンドラはハーブ園に足を向けゆっくりとあたりを見て回る。

どこも手入れが行き届いていた。特に、ジークフリートにもらった種のあたりは、殊更《ことさら》、用地に余裕を持たせ、畝《うね》も広く整えてある。ジャラードたちが、どれだけここを大切にしてくれているのかが伝わってくるようだ。

アレクサンドラは、身を屈《かが》め、いじらしく太陽に向かって開いている双葉を指先で撫でた。

「元気に育ってね」

そして、みんなの役に立ってね。

つぶやいた時、ふと、すぐ近くで人の気配がするのに気づく。

オレクだ。

ドキッ。

胸の鼓動が跳ね上がる。

もしかしたら、作業小屋にヤロスラフ王の剣を隠すところも見られてしまったのだろうか？

いや、そんなはずはない。あれだけ慎重にあたりを窺ったのだ。あの時、誰の気配も感じなかった。

なにげないふうを装い、アレクサンドラはオレクに視線を向ける。

「おはようございます。兄上。珍しいわね。兄上がこんなところにおいでになるなんて」

オレクは、その言葉には答えず、アレクサンドラのそばに近づいてきてつまらなさそうにハーブ園を見渡した。

「おまえ、まだこんなもん作ってたのか」

以前もそうだった。幼いアレクサンドラが見よう見真似の覚束《おぼつか》ない手つきでハーブの手入れをしているのを、オレクは馬鹿にしたような目つきでながめていた。

「こんなもんのどこがいいのかねぇ」

オレクの靴のつま先が双葉を蹴る。まだ芽吹いたばかりの弱々しい葉が、土の中で崩れ落ちる。

「ひどいわ。なんてことをするの」

「そんなに怒ることないだろ。たかが葉っぱじゃないか」

「たかが葉っぱじゃないわ。これはジークフリートさまにいただいた大事な大事なハーブなのよ」

オレクにとっては、アレクサンドラの怒りよりも、『ジークフリート』の名のほうがよほど大事なことだったらしい。途端に血相《けっそう》を変えてアレクサンドラを見た。

「ジークフリートって、アクイラのか?」

「そうよ。アクイラの王太子殿下よ」

「会ったのか?」

「ええ。お会いしたわ。とても聡明で、おやさしくて、人間的にも尊敬できる方よ」

オレクが黙り込む。たった今、アレクサンドラが口にした言葉の意味についてあれこれ考えているらしい。

これ以上詮索されるのがいやで、アレクサンドラはこの場から逃げ出そうとしたが、オレクはそれを許さなかった。

「逃げるなよ。アレクサンドラ」

「でも……」

「久々に会えたんじゃないか。折りよく邪魔者も見当たらないし、兄と妹、打ち解けてふたりっきりで話そうぜ」

アレクサンドラとしては、オレクと話すことなど何もない。何年もの間、顔も合わせることもなかった兄と昔話をする気にもなれなかった。

ほんとうなら、なんとか理由をつけて逃げ出すところだが、考えてみたら、これは、オレクの真意を探るよいチャンスかもしれない。

そう思い直し、アレクサンドラはオレクに従う。

どうやら、オレクは王家の墓に向かっているらしい。王家の墓がある地下室の方角からだと作業小屋は死角になる。ということは、アレクサンドラがヤロスラフ王の剣を隠しているところも見えなかったはずだ。

少しほっとする一方、思いはヤロスラフ王の剣のことに至《いた》って暗澹《あんたん》となる。

ヤロスラフ王の墓に剣はもうない。レオニダスが抜いてしまった。それをオレクが知った時どんなことが起こるのかと想像するだけでいたたまれない気分になる。

できるものなら引き返してくれないだろうか？

そんなアレクサンドラの思いを引き裂くように、オレクは地下の墓地へと足を踏み入れていく。

湿った土の匂い。長い間陽にさらされていない空気は澱《よど》んでいる。狭い通路は薄暗く、手探りで進まなければ足元も覚束ない。

ヤロスラフ王の墓の前にたどり着いた瞬間、オレクは、かっ、と目を見開き、獣《けもの》のような声を上げた。

「剣がない!!」

驚いて、アレクサンドラはあとずさる。

「誰だ?」

振り向いて、オレクが言った。

「誰が王の剣を抜いた?」

アレクサンドラは、震えながら、小さく首を横に振る。

「し、知らないわ……」

ほんとうのことなんて言えない。言えるわけがない。

だが、オレクは易々《やすやす》と真実に近づいていってしまう。

「あの黒い男か?」

「わたくしは何も知らないわ……」

「あいつか? あいつが、真の王の証である剣を抜いたのか?」

「だから、知らないって……」

いきなり肩を強く掴まれた。指先には、爪が皮膚《ひふ》に食い込むほどの力がこもっている。

「い、痛いわ……。離して……」

アレクサンドラはもがいたが、オレクは聞き入れてくれない。肩を掴む手には、なお、いっそう強い力がこめられる。

「あの男と寝たのか？」

「……あ、兄上……」

「あの男に抱かれたのか？　だから、そんなに、あの男をかばうのか？」

「ち、ちが……」

「この売女《ばいた》め‼」

激しい力で突き飛ばされ、アレクサンドラの身体は湿った土の上を何度か転がった。立ち上がることもできずにうずくまるアレクサンドラの上に、オレクの罵声《ばせい》が降り注ぐ。

「さあ。言ってみろ。どうやってあの黒い男を誘惑した？　おまえから足を開いて誘ったのか？　ええ？」

「違う……！　わたくしは、そんなこと……」

「おまえ、自分が何をやっているのかわかってるのか？　おまえは国を売ったんだぞ。おまえのような女は、シルワの王族の恥さらしだ。身体を使って男に取り入るとは、なんと、ふしだらな……」

「……いいえ……。わたくしは……」

「そうやって手に入れた女王の座から俺を見下して、どんな気分だった？　いい気分だったか？　最高か？　楽しいか？　この俺を見下して！」

（違うわ……！）

アレクサンドラは心の中で叫んだ。

（わたくしは、国を売っていない……！　兄上を見下してなどいない……！）

レオニダスを誘惑しただなんて、とんだ邪推《じゃすい》だ。第一、アレクサンドラはまだ処女なのだから。

だが、それを言ったところで、激昂したオレクが耳を貸してくれるとも思えない。

湿った土の上にうずくまったまま、アレクサンドラはただ震えていた。眦《まなじり》に涙がにじむ。

屈辱のあまり、心が砕けそう。

どのくらいそうしていたかわからない。

ふいに、オレクが土の上にひざまずき、アレクサンドラの肩をそっと抱いた。

「すまない。妹よ。いささか興奮し過ぎてしまったようだ」

打って変わったような猫撫で声。全身に、ぞっ、と寒気が走る。

アレクサンドラのそんな様子など気にも留めずに、オレクはやさしい声でささやいた。

「わかっているんだ。アレクサンドラ。おまえだって、好きであの男の慰《なぐさ》み者になっているわけではないんだろう？　そうしなければ、生命を落としていた。生きるためには仕方がなかった。違うかい？」

「……わたくしは……」

「大丈夫。僕が戻ってきたからには、もう、心配ないよ。僕がその地獄からおまえを救ってやる。ふたりで協力して、あの黒い男を追い払い、元のとおりの美しく平和なシルワを取り戻そう。そして、父上と母上を呼び戻し、今度こそ、親子仲よく暮らすんだ」

一瞬、夢を見そうになった。

アレクサンドラが、まだ『魔女』と呼ばれる前の、しあわせだった頃の家族を取り戻せるのではないかと。

でも、そんなのは幻想だ。

あの頃には、もう、戻れない――――。

蜜蝋《みつろう》の明かりがゆらゆらとテーブルの上で揺れていた。

テーブルを囲んでいるのは三人。

アレクサンドラとレオニダス。そして、オレク……。

夕食に供された葡萄酒《ぶどうしゅ》のせいか、オレクはひどく饒舌《じょうぜつ》だ。さっきからどうでもいいようなことをひたすらしゃべり続けていた。

レオニダスは特に口を挟むことなくオレクの好きにさせている。その態度からは、適当に聞き流しているのか、それとも、真剣に耳を傾けているのかよくわからない。

アレクサンドラはといえば、どことなく不安な気持ちでそんなふたりを見守っていた。

この城に来て以来、オレクは客人としての分を守り、おとなしくしているようだ。時々わがままを言って兵士たちを困らせているようだが、それも大事に至るほどのこともなく、意外なほど穏やかに日々は過ぎている。

だが、アレクサンドラはオレクが何かを企《たくら》んでいるのではないかという疑いを拭《ぬぐ》い去ることができずにいた。だから、こうして、酒の席にも同席する。

特に、今夜は、あれほどレオニダスを毛嫌いしているオレクのほうから、同席を求めてきたのだ。何か魂胆《こんたん》があるのは明白だった。

もちろん、オレクよりもずっとレオニダスのほうが力が強いし、剣の腕前も上だ。体格だって優れている。争いになったところでオレクに勝ち目はないだろう。

わかっていても、心配だった。レオニダスから目が離せない。

(これもレオニダスがわたくしの言うことを聞いてくれないせいよ)

オレクと墓所へ行ったあの日、アレクサンドラはすぐにレオニダスに墓所でのことを告げた。オレクに気をつけるように忠告もした。

けれども、レオニダスは、わけのわからないことを言って、アレクサンドラの言葉を蔑《ないがし》ろにしたのだ。

どこか遠い気持ちで、アレクサンドラはあの日のことを思い出す。

「兄を追放したほうがいいかもしれないわ」

ようやく捕まえたレオニダスを自分の部屋に引っ張り込むなり、開口一番にアレクサンドラはそう言った。

「兄は何かよからぬことを企んでいる。わたくしに恭順する気なんて、ほんとうは、少しもないのよ」

しかし、アレクサンドラの危惧をよそに、レオニダスの返事はいささかそっけなくて。

「そんなこと最初からわかってる。ヤツが何かを企んでるってこともな」

「でも……」

「なぜ、今更そんなことを言う？　オレクに何か言われたのか？」

アレクサンドラは思わず口ごもる。

女の武器を使ってレオニダスを誘惑したとか、国を売ったふしだらな女だとか、そんなふうに蔑まれたことを、たとえ、ただの邪推であっても、レオニダスの前で口にしたくはなかった。

だが、レオニダスはアレクサンドラのためらいを別の理由によるものだと誤解したようだ。

「なんだよ。久しぶりに兄上さまに会って、何か心境の変化でもあったのか？」

「そんなんじゃないわよ」

「どうせ、『僕と一緒にあの黒い男を倒してシルワを手に入れよう』とかなんとか、言われたんじゃないのか？」

図星だ。

思わず目を瞠《みは》ると、レオニダスは鼻で笑った。レオニダスの瞳に影が落ちる。アレクサンドラへの疑惑に黒い瞳がなおいっそう暗く染まる。

「で、どうする？　オレクと組んで俺を倒すか？」

「そんなことするわけないでしょう」

「そうかな？」

「あたりまえよ。もし、そうなら、兄を追放したほうがいいなんて、おまえに忠告するはずないじゃないの」

正論だと思った。そういえば、レオニダスも納得するだろう。

なのに、レオニダスは……。

「それが罠じゃないと誰が言える?」

レオニダスの大きな掌がアレクサンドラの後頭部を包んだ。無理やりに上を向かされ、顔をのぞき込まれる。

「元々おまえは俺のことを快《こころよ》く思っていなかった。あの兄上さまと組んで俺の寝首をかこうとしたって不思議じゃない? 違うか?」

アレクサンドラは小刻みに震えながら答えた。

「違うわ。わたくしは、そんなことはしない」

「なぜ、そう言い切れる?」

「兄のオレクよりもおまえのほうが国民にとってよい為政者になるとわかっているからです」

「その言葉をどうやって証明する?」

証明。

そんなもの、できるわけがない。この心の中を切り開いて見せたとしても、レオニダスがそれを信じなければなんの意味もない。

うつむいて唇を噛み締めていると、ふいに腰を強く抱き寄せられた。

耳元に触れたのは、熱い吐息。

「おまえ、いいかげんに俺のものになれよ」

「……レオニ…ダス……」

「おまえが俺のものになるのなら、おまえの言葉を信じてやってもいい」

そのまま無理やり唇を塞がれた。

顎を引いてなんとか逃れようとするけれど、なんなく追いついてきたレオニダスが噛み締めた唇を力ずくでこじ開ける。

荒々しく入り込んできた舌がアレクサンドラのそれに触れた。逃げる余裕もなく絡め取られ激しく吸い上げられる。

なんて暴力的なキス。

(アクイラではあんなにやさしかったのに……)

思い出すと、涙がにじんだ。

こんな乱暴なのはいや。もっとやさしくしてほしい。

オレクサンドラの思いをよそに、レオニダスがドレスの裾をたくし上げる。むき出しになった大腿を、大きな掌が這《は》い回る。

「…んっ……んんん……」

やめて、と叫ぼうとしたけれど、唇を塞がれているので声も出せない。せめてもの抵抗に、レオニダスの背中をどんどんと拳《こぶし》で叩くけれど、それは、あまりにも力なく儚《はかな》かった。

レオニダスの指が足の間に入ってくる。閉ざされたその場所を無理やりこじ開ける。くちゅ、と湿った音を立てて、指先が中に入ってきた。敏感な場所をなぞるようにこすられて、背中を熱い戦慄《せんりつ》が駆け上がる。

（いや……）

強引過ぎる行為に心は引き裂かれそうだ。なのに、身体はアレクサンドラの心を裏切って快楽を求める。

このまま、なし崩しのようにレオニダスに抱かれてしまうのだろうか？　オレクの言うように、レオニダスの慰み者になるのか……。

（そんなの……、いや——！）

気持ちが、いつも以上の力を呼び覚ましたのかもしれない。あらん限りの力を振り絞って、レオニダスを突き飛ばすと、虚をつかれたのか、レオニダスの腕の力が少しだけゆるむ。その隙をのがさず、アレクサンドラはレオニダスの腕の中から抜け出した。

レオニダスの黒い瞳には怒りにも似た激しい色が浮かんでいる。自分に従わないアレクサンドラへのいらだちが渦巻いている。

アレクサンドラは、負けじと碧の瞳でレオニダスを睨み返した。

「わたくしはシルワの女王になってもいい。兄のオレクに任せるよりも、そのほうが少しはましだと思うから。でも……、でも、おまえに抱かれるのは、絶対に、いや」

声が上ずる。心が震える。息もできない。

「わたくしは、おまえのものじゃない。おまえの道具でもない。おまえの自由にはさせない」

「……アレクサンドラ……」

「わたくしを抱いていいのは、わたくしの愛に適《かな》った男だけ。わたくしの愛が欲しいのなら、わたくしの足元にひれ伏して、わたくしの愛を請うといいわ」

捨て台詞《ぜりふ》のようにそれだけを言い置いて、アレクサンドラは部屋を飛び出した。

胸が張り裂けそうだった。

あれ以来、レオニダスとはまともに口を利いていない。

アレクサンドラはレオニダスの顔が見えた瞬間に回れ右をして逃げているし、レオニダスはレオニダスで追ってくる気配もなかった。

あまりにも露骨《ろこつ》な態度に心配したのだろう。ディミトリオが「何かあったんですか？」とおそるおそる聞いてきたが、アレクサンドラは「なんでもありません」と答えることしかできなかった。「痴話《ちわ》げんかは犬も食いませんよ」なんて言われても、笑うしかない。

そんなことを考えながらぼんやり蜜蝋の炎を見ていると、オレクが、空《から》になった酒杯を満たそうと葡萄酒の壺《つぼ》を取り上げ、小さく舌打ちをした。

出る。

「なんだ……。もう、空かよ」

内心、そろそろ切り上げてくれないかと思いながら、アレクサンドラはおずおずと申し出る。

「まだお飲みになる？　誰かに持ってくるよう申し付けましょうか？」

部屋の入り口には給仕を担当する兵士たちが控えている。彼らに命じればすぐに葡萄酒をいっぱいに満たした壺を運んできてくれるだろう。

だが、オレクは、首を小さく横に振り、立ち上がった。

「いや。僕が行ってくるよ」

「でも……」

「大丈夫だって。これでも、この城には長年住んでいたんだからね。どこに何があるかくらい僕だって知っているさ」

有無を言わせない態度。力ずくで止めるわけにもいかず、そうなると、部屋を出ていくうしろ姿を見送るほかはない。

小さくため息をつきながら、なにげなくレオニダスのほうに視線を向けると、レオニダスも、また、アレクサンドラを見ていた。

ドキッ。

鼓動が跳ね上がり、アレクサンドラは思わず目を背ける。

思いがけずふたりきりになってしまったことに動揺した。空気が張り詰める。言葉を発するどころか、息もできない。レオニダスの存在を必要以上に意識してしまい、皮膚までがびりびりと粟立つようだ。

アレクサンドラは緊張に身を強張《こわば》らせていていることしかできなかった。

（いつからわたくしはこんな不甲斐《ふがい》ない女になってしまったの？）

覚束ない自分が情《なさ》けなくてたまらない。

ほどなくして戻ってくると、オレクは新しい酒杯を三つ並べ、その中に自分が持ってきた酒を注いだ。

「おまえも飲めよ」

差し出された酒杯の中の酒は、蜜蝋の淡い明かりの下でも充分それとわかるくらい鮮やかな真紅だった。どう見ても、葡萄酒ではない。

不審そうな顔をしたアレクサンドラに、オレクが笑いかける。

「木苺《きいちご》のワインだよ」

確かに、森の多いシルワでは木苺のワイン造りも盛《さか》んだ。特に、セーヴェルの森の木苺のワインは有名で、アレクサンドラの父も母も好きだったが……。

「僕はしばらくシルワを離れていたからね。シルワのこの木苺のワインが懐かしくて」

オレクが酒杯の中をそっとのぞき込みながら言った。

「ほら。この色。ぞっとするほどきれいだろう？」

そのまま、オレクは酒杯の中の酒を一気に飲み干す。

それを身届けてから、アレクサンドラも酒杯に少しだけ口をつけた。甘くさわやかな果実の香り。

でも……。

（木苺のワインって、こんな味だったかしら……？）

訝《いぶか》しく思っていると、飲み過ぎたせいか、オレクが呟き込みながらも、レオニダスに木苺のワインを勧めている。

「あんたも飲めよ」

仕方なさそうに一口飲んで、レオニダスが眉をしかめる。

「甘い」

「まあ、まあ、まあ。そう言うなよ。あんたも今後シルワを統治《とうち》しようっていうのなら、シルワの特産品くらい知っておいたほうがいいぜ」

言いながら、レオニダスの酒杯に酒を注ぎ足すオレクは完全に酔っ払いだ。よく見ると、目元も赤く染まっている。

自《みずか》らの酒杯にも酒を注ぎながら、オレクが言った。

「あんたの部隊にはひとりも女がいないんだな」

レオニダスがうなずく。

「ああ。洗濯や飯炊きの女を連れて歩いている部隊もあるが、俺のところは、そういうことも、全部、兵士がやる」

「色気の欠片もない部隊だ」

「女は揉《も》め事の元だ。洗濯や飯炊きくらい男にだってできるし、女にしかできないことが必要になった場合は、女を買いに行けばいい」

「はは。違いない」

オレクが笑った。

「ということは、今城にいる女はこいつひとりか」

顎で指され、アレクサンドラは、むっ、としたが、オレクには、そんなことどうでもいいことのようだ。

「それで、どうだ？　黒の将軍。我が妹の味は？」

「……」

「正真正銘の箱入りだぞ。なんせ、ずっとあの東の塔の中に閉じ込められていたんだからな」

さも楽しげな笑い声がオレクの口から上がった。

レオニダスは無表情だ。ただ、冷ややかな眼差しをオレクに向けているだけ。

「ほんと、あんたも変わってるよ。そいつは魔女なんだぜ？　それとも、魔女には男をたらしこむための特別の手管《てくだ》でもあるのかな？　なあ。教えてくれよ。ここだけの話にしとくからさ」

「もう、やめて」

それ以上聞いていられなくなって、アレクサンドラは口を挟む。

「そんな話聞きたくないわ」

「おまえに聞いてるんじゃないよ」

嘲《あざけ》るようなオレクの声。

「これは男同士の話さ。なあ？　黒の将軍」

「……」

「で、どうなんだ？　こいつの身体はよかったか？」

我が兄ながら、なんて汚らわしいことばかり言うんだろう？　しかも、こんなふうに、しつこく、しつこく。

あまりにも腹が立ったので、思わずオレクの頬を叩いてやりたくなった。けれども、アレクサンドラがそうするよりも先に、レオニダスの大きな掌がアレクサンドラの細い手首を掴む。

レオニダスは、ちらり、とアレクサンドラを一瞥してから、オレクに、にやり、と笑みを向けた。

「確かに、それは男同士の話だな」

「そうだろう。そうだろうとも」

「兄であるあんたに言うのもなんだが、こいつときたら、胸はちっさいわ、色気はないわ、性格は強情だわで、ほんと、かわいげの欠片もねぇよ。どうやったらこれほどかわいげのない女が出来上がるんだか、ほんと、不思議なくらいだぜ」

「な……！」

兄のオレクだけでなくレオニダスまでそんなひどいことを言うのか。

耐え切れなくなって立ち上がろうとすると、手首を掴んだレオニダスの手に力がこもり、強引に引き戻された。

「でもな」

レオニダスの目に暗い炎が宿る。

「でも、こいつは俺にとっては大事な女なんだ。俺は自分の女を侮辱されて黙っている気はない。たとえ、相手が兄上さまでもな」

レオニダスを包んでいる気配が一気に剣呑《けんのん》なものを帯《お》びた。

オレクは、飲まれたように、口をつぐみ、すくみ上がる。

「二度とそんな口利くんじゃないぞ。冗談でも言ったら、その舌引っこ抜いてやる」

「ひっ……」

オレクの口からかすれた悲鳴が上がった。

アレクサンドラはといえば、オレクを恫喝《どうかつ》するレオニダスの横顔を、ただ呆然として、見つめているばかり。

こんなふうにかばってくれるなんて、思ってもみなかった。『大事な女』と言われたことが胸を熱くさせる。たとえ、それが『野望を果《は》たすために大事』という意味であったのだとしても、レオニダスにとって自分が特別なのだと思うと、言いようのない喜びがこみ上げてくる。

「アレクサンドラ。行くぞ」

レオニダスが立ち上がった、肩を抱き寄せられ、アレクサンドラもそれに従う。

「こんなつまんねぇ酒はもうこりごりだ。あんたとは、二度と一緒に酒は飲まない……」

ふいに、レオニダスの言葉が途切れた。肩に置かれた掌に力がこもり、レオニダスの大きな身体がアレクサンドラの肩にのしかかってくる。

「……なんだ……。これは……?」

レオニダスの全身は小刻みに震えていた。呼吸は荒く、額には汗がにじんでいる。

酔っているわけではない。レオニダスはアレクサンドラが驚くくらい酒には強かったし、それに、酔っているにしては様子がおかしい。

「ようやく効いてきたか」

オレクの口元に暗い笑みが浮かんだ。

「もしかしたら、その野獣には効かないんじゃないかと冷や冷やしたが、さすがは魔女の苺だな。効果抜群だぜ」

その言葉にはっとして、アレクサンドラはオレクを見る。

「魔女の苺……？　って、まさか……、コリアリア……？」

コリアリア。シルワの森で時折見かける植物だ。その植物がつける鮮やかな赤い実は、とても甘いけれど、一方でおぞましい毒に満ちている。知らずに口にした子供たちが中毒死する事件も起こっていて、農民たちの間では『魔女の苺』と呼ばれ恐れられていることをアレクサンドラも知っていた。

では、さきほどオレクが持ってきた木苺のワイン。あれは、コリアリアのワインだったのか。最初にオレクが飲んでみせたから安心して口にしたけれど、それこそが罠だったのだ。たぶん、オレクは飲んではいない。飲むふりをしただけ。そうして、室内が薄暗いのをよいことに、咳き込んだ真似をして吐き捨てていたのだろう。

アレクサンドラはほんの少し口をつけただけだ。少量だったせいか、特におかしな症状は出ていない。レオニダスはどのくらい飲んだだろう？　一杯？　二杯？　なんにしても、すぐに吐かせなければ。

「誰か！　誰か来て！」

アレクサンドラは大きな声で叫んだ。

レオニダスの容態はどんどん悪化している。全身が痙攣《けいれん》し、既に、身体に力が入らないのか、立っていることすら覚束ないようだ。

「誰か！　ディミトリオ！」

だが、アレクサンドラの声に応える者は誰もいない。部屋のすぐ前に控えている給仕係の兵士でさえ顔を見せなかった。

「どういうこと……？」

狼狽《ろうばい》するアレクサンドラを見て、オレクが鼻で笑う。

「何をしたの……？」

「さあね」

「答えて！　兄上！　答えるのよ！　答えなさい!!」

けれども、オレクは何も答えない。アレクサンドラを小ばかにするように、薄《うす》ら笑いを浮かべているだけ。

アレクサンドラは呆然として言葉を失った。

何が起こっているのか、詳しいことはわからない。わかっているのは、オレクがレオニダスに毒のワインを飲ませたこと。その毒のワインのせいで、レオニダスの生命が危険にさらされていること。そして、オレクはアレクサンドラにも毒のワインを飲ませようとしたこと。実の妹であるアレクサンドラも毒殺しようとしたこと……。

「卑怯者……」

震える声で、アレクサンドラはオレクを罵った。

「恭順を装い、城内に入り込んだ揚げ句、毒を使うなんて信じられない。仮にも一国の王太子であった者が、このような姦計《かんけい》を用《もち》いるとは、なんて、恥知らずな……」

「恥知らずとは、心外だな」

オレクが肩をすくめる。

「元々、毒薬を使うのはおまえたち魔女の得意技じゃないか。僕はそのやり口を真似しただけだよ」

なんて言い草だろう。言い訳にしてもひど過ぎる。

「わたくしは毒など使ったことはないわ。わたくしの知識は人々を守るためのものであって傷つけるためのものではないもの」

思わず言い返したが、オレクには通じない。

オレクの碧の瞳に暗い影が差す。

「おまえのきれいごとはいいかげん聞き飽きたよ。虫唾《むしず》が走る」

「兄上……」

ろう。

「二度とそんな口利けなくしてやる」

気がつけば、オレクの右手には短刀が握られていた。たぶん、服の中に隠していたのだろう。

薄闇の中、蜜蝋の淡い光を弾《はじ》いて刃がきらめく。その禍々《まがまが》しさに、アレクサンドラは息を飲む。

「おとなしくコリアリアの毒でくたばってしまえばよかったのに」

オレクが短刀を振り上げた。

肩の上にはぐったりとしたレオニダスの身体。逃げ出すことも、凶器をかわすことも防ぐこともままならない。

たまらず、ぎゅっ、と目をつぶり、小さくすくみ上がると、頭上で金属が触れ合う澄んだ音が響いた。

「……うるせぇよ……」

レオニダスだ。

レオニダスが、毒の回った身体でなんとか剣を握り、オレクの短刀を防いだのだ。

「……弱い犬ほどきゃんきゃん吼《ほ》えるってのはほんとだな……」

荒い吐息。視線は定まっていない。今にも意識が途絶《とだ》えそうなのを、意志の力で辛《かろ》うじて持ちこたえている状態なのだろう。

「しぶといヤツ」

オレクが忌々しげに吐き捨てる。

「でも、いつまでそんな口が効けるかな」

「……」

「ほら。指先が震えてるぜ。もう、剣を握っているって感覚もないんじゃないのか？　こうなっては、黒の将軍も赤子《あかご》同然だな。今なら僕だって簡単におまえを殺せるぞ」

「……オレク……。きさま……」

レオニダスの唇から呪詛《じゅそ》のような呻《うめ》きがこぼれ落ちる。しかし、オレクの言うとおり、剣を握った手はガタガタと震えて、剣を持ち上げることも既にかなわない。

アレクサンドラは、レオニダスをかばうように、その大きな身体を胸の中にきつく抱き締めた。

レオニダスは、朦朧としているのか、アレクサンドラのされるがままだ。それでも、手にした剣を離さない。その姿にせつなさがこみ上げる。

「……逃げろ……」

レオニダスが苦しい息の下でつぶやくのが聞こえた。

「俺を置いて……ひとりで……逃げろ……」

「だめよ。おまえを置いてはいけないわ」

アレクサンドラは小さく首を横に振った。

「おまえはわたくしを守ると言ったのよ。約束を守りなさい」

レオニダスの身体を抱いた腕に力をこめる。

その時――――。

はるか遠くから何か地鳴りにも似た音が響いてきた。

金属の触れ合う耳障りな音。口々に叫ぶ声。それから、大勢の人間が行進する時のような足音……。

オレクの口元に、にやり、と笑みが浮かぶ。

「ようやく来たな」

「なに……?」

いやな感じがした。音の正体を探ろうと耳を傾ければ、それがどんどんこちらに近づいてきているのがわかる。城内からも、叫び声が上がる。

「敵襲だ!!」

「……敵襲……?」

アレクサンドラは小さく声を上げオレクを見た。

「まさか……、兄上が……?」

「そうだよ。アレクサンドラ。すべては僕が計画したことさ」

オレクが得意げにうなずく。

「確かに、シルワの軍勢はそいつのところと比べたらいささか貧弱《ひんじやく》だ。まともに黒の将軍とやり合ったら勝てないのはわかりきってるよ。だから、水甕《みずがめ》にオレアンデルの葉を入れ、城の風上《かざかみ》では生木を燻《いぶ》した。これで、城の兵士たちのいくらかは使い物にならなくなったはずだ。おまけに、そいつの生命は今や風前《ふうぜん》の灯火《ともしび》。これなら、僕にも勝ち目がある。そう思わないかい?」

「なんてことを……」

オレアンデルは鮮紅色の花をつける樹木だ。見ている分には美しいが、その葉にも幹にも枝にも毒がある。その威力は、花をつけた枝を生けておいた水を飲んだ馬が中毒を起こしたり、誤って薪《まき》にしてその煙を吸った者が倒れたりと凄《すさ》まじい。

「悪いな。アレクサンドラ。王の座は僕がもらうよ」

薄笑いを浮かべながら、オレクは言った。

「シルワの貴族たちは、みんな、僕の味方だ。もちろん、父上も、母上も」

「……あ……」

「なんたって、元々僕が王太子だったんだからね。それが正しいんだ。それで当然なんだ。おまえなんかに、王位を渡すもんか……。おまえなんかに……。おまえなんかに……!」

狂気のにじむ声。

その声が物語っていた。王の座を手に入れるためなら手段を選ばないと。どんな卑怯なことも厭《いと》わないと。

思わず、憤《いきどお》りが喉から迸《ほとばし》った。

「王の椅子は兄上の玩具《おもちゃ》じゃないわ！」

「なんだって⁉」

オレクの瞳が怒りに染まる。かまわず、アレクサンドラは言葉を投げつけた。

「国王は国土と国民に対して責任を持たなくてはならないわ。国をよくしようという意志も理想もない兄上には国王になる資格なんてない‼」

「だから、おまえのそのきれいごとには反吐《へど》が出るって言ってるんだよ！」

オレクが短刀を振りかざす。

「死ねよ！　アレクサンドラ！　おまえから先にあの世に送ってやる‼」

もう、だめだ、と思った。今度こそ、オレクの刃を防げない。

「将軍‼」

次の瞬間、振り下ろされたはずの短刀が、派手な音を立てて床を転がっていった。

おそるおそる目を向ければ、ディミトリオが自分たちとオレクとの間に立ちはだかっている。

「ディミトリオ！」

「アレクサンドラさま！　将軍は？　まさか斬《き》られたんですか⁉」

ディミトリオは、剣をかまえ、隙なくオレクに向かいながら、そう聞いた。

「いいえ。毒を飲まされたのよ」

「毒？　こいつに？」

「ええ。そうよ。早く治療しないと生命にかかわるわ」

「この下種《げす》野郎……！」

ディミトリオの平素は女好きのするやさしげな目元に怒りが灯った。

「よりにもよって毒を使うとは、なんて卑怯な。男なら男らしく、正々堂々と剣で勝負したらどうだ？」

オレクが舌打ちしながら答える。

「相手が人間なら僕だって正々堂々と勝負してもいい。でも、そんな人間以下の蛮族《ばんぞく》とまともに勝負する気にはなれないな。僕の剣が穢《けが》れる」

「きさま……！」

「いいのか？　もたもたしてると、そいつ死ぬぜ」

一瞬、ディミトリオの注意が逸れ、レオニダスに向いた。その隙を見逃さず、オレクがディミトリオの間合いから離れ、部屋の出口へと走る。

「コリアリアは猛毒だ。やがて、全身が痙攣して、息が止まる。そいつがもがき苦しむのを見られないのは残念だよ」

「オレク！」

「出ていけよ。シルワは僕のものだ。おまえらには渡さない」

捨て台詞を残し、オレクの背中が遠ざかる。

ディミトリオは深追いはしなかった。それよりも、今はしなければならないことがある。

「アレクサンドラさま。お怪我は？」

聞かれて、アレクサンドラは首を左右に振った。

「わたくしは大丈夫。それよりも、戦況はどうなっているの？」

「芳《かんば》しくありません」

「……そう……」

「とりあえず、ここは俺たちで持ちこたえます。アレクサンドラさまは将軍を連れてひとまずどこかを身を隠してください」

大丈夫なの？

そう言いかけた言葉をアレクサンドラは飲み込んだ。今はそれしか方法はないとアレクサンドラも思う。とにかく、レオニダスのことが心配だ。ここでは治療もままならない。

「ジャラードに荷車を用意させましょう」

「そうして」

「将軍を頼みます」

「絶対に助けるわ。ディミトリオも気をつけて」

そう言うと、ディミトリオは笑ってうなずいた。


気がつけば、セーヴェルの森の中にいた。

セーヴェルの森はとても深い。誰も一番奥まではたどり着けないと噂されるほどに。

もしも、それができる者がいるとしたら、それは、きっと、魔女だけだ。

だとしたら、セーヴェルの森の奥には魔女の国があるのだろうか？　人の国を追われた魔女たちは、そこに集まり、今もひっそりと暮らしているのだろうか……。

そんなことを考えながら、枯れ草を踏み、奥へと向かっていく。

森の奥でアレクサンドラを迎えてくれたのは、年老いた魔女……。

『生きていたのね』

アレクサンドラはそう言いながら魔女に近づいていった。自分が微笑んでいるのか、それとも、恐怖におののいているのか、自分でもわからない。ただ、引き絞られるような畏怖だけが胸の奥にはある。

『大きくなったね』

魔女が言った。

『おばあさんが助けてくれたお陰よ』

感謝の言葉を返すと、魔女はうっすらと笑う。

『違うよ。私が助けたんじゃない。おまえが自分で生き残ったんだ。私は、ほんのちょっと、その手伝いをしただけ』

『でも……』

『おまえは強い子だよ。アレクサンドラ。なんてったって、シルワの女王になる子なんだからね。ほら。ヤロスラフ王もそう言っているよ』

アレクサンドラの腕の中で、ヤロスラフ王の剣が、わずかに熱を帯びた。まるで、『そうだよ』とでも言うように。

『わたくしはシルワの女王になれるのかしら……？　わたくしがシルワの女王になってもいいのかしら……？』

『何をお言いだい？』

魔女は、片眉をつり上げ、腰に手を当てた。

『おまえはもう女王じゃないか。ほら、見てごらん？』

指差されたほうを見ると、そこにはジークフリートとエルウィンがいた。

『おめでとう。アレクサンドラ』

『なんてかわいい女王さまかしら』

その横には、ディミトリオとジャラードが……。

『おめでとうございます。アレクサンドラさま』

『俺、一生女王さまについていきますっっっ』

彼らのうしろには、レオニダス麾下《きか》の兵士たちがいる。シルワの国民も大勢集まっている。その中にはオレクもいた。今はどこにいるのかさえわからない、父と母、そして、妹の姿も……。

口々に祝辞の言葉を述べる彼らに戸惑いながらも、アレクサンドラはただひとりの男の姿を探していた。

黒い髪。長身。広い肩幅。厚い胸。野蛮で、獰猛で、女にだらしなくて、でも、少しだけ淋しそうな黒い瞳をした、わたくしの……。

求める男はアレクサンドラのすぐそばにいた。

『レオニダス……!』

ようやく安心すると同時に、胸がせつなさでいっぱいになった。その黒い瞳を見上げると、レオニダスは、アレクサンドラの金の髪を撫で、そっと微笑む。

『おめでとう。女王アレクサンドラ』

『……あ、ありが…とう……』

『どうだ？　俺は約束を守ったぞ』

『そ、そうね……。そう、なの……？』

『約束を果たしたからには、もう、俺は必要ないだろう？』

『え……？』

『じゃあな。アレクサンドラ。これからはひとりでがんばれよ』

どういうこと？　そんなこと、ありえるの？

（だめよ。わたくしをひとりにしないで……！）

叫びたいのに声が出ない。

（ひとりでなんてがんばれない。もう無理なの。淋しいのはいやなの。お願い。置いていかないで。そばにいて。わたくしは、おまえが……）

「――――！」

ふいに、目が覚めた。

アレクサンドラは身体を起こしあたりを見回す。そこはセーヴェルの森ではない。穏やかな薄日《うすび》の射す、静かな部屋の中だ。

「夢、だったのね……」

そうか、夢だったのか。どうやら、レオニダスに付き添っているうちに、いつの間にかうたた寝をしてしまったらしい。

それにしても、なんて、いやな夢を見てしまったんだろう。レオニダスがいなくなる夢。自分を捨ててどこかに行ってしまう夢。

「そんなこと、絶対にさせないわ……」

つぶやきながら、アレクサンドラは立ち上がり寝台の上に視線を落とす。

寝台の上には、やわらかなリンネルに包まれて、黒い髪の男が横たわっていた。

血の気《け》の失せた頬。紫色の乾いた唇は薄く開かれ、荒い呼吸を吐き出している。

レオニダスが毒を飲まされてから既に丸二日が過ぎていたけれど、状態は少しも変わらない。いや、むしろ、悪くなっていると認めざるを得なかった。

意識は混濁《こんだく》していて、時折、目を開くこともあるけれど、口にするのは不明瞭《ふめいりょう》なうわ言ばかり。わずかな意志の疎通《そつう》さえ望めない。

アレクサンドラは、そっと手を伸ばし、レオニダスの額から黒髪をかき上げた。

こうして見ると、意外と端正な顔立ちをしているのがわかる。たとえるのなら、ギリシャの海から引き上げられた美しい彫刻のように。

(きっと、目を閉じているせいね……)

いつだって、レオニダスの黒い瞳が放つ光は、とても、強く、激しく、アレクサンドラを圧倒する。レオニダスの顔立ちが整っているとか、そんなこともわからなくなるくらいに、否応なくアレクサンドラの視線を奪う。

アレクサンドラはそのままじっと飽きることなくレオニダスの寝顔を見つめていた。

どのくらいそうしていたのかわからない。自らも彫像になってしまったかのように身動き一つしない背中に、衣擦《きぬず》れの音がそっと近づいてきて問いかける。

「具合はどう?」

心配そうなその声はエルウィンのもの。

アレクサンドラは小さく首を横に振って答える。

「いいえ……。相変わらず……」

エルウィンは、ドレスの裾《すそ》を静かにさばきながら、アレクサンドラの隣の椅子に腰を下ろした。その顔は、いつになく暗く沈んでいる。エルウィンもまた、レオニダスの容態をとても心配してくれているのがよくわかった。とても素直でやさしい人なのだ。だから、レオニダスにも愛される。

アレクサンドラはエルウィンのほうに向き直り深々と頭を下げる。

「申し訳ありません。エルウィンさま。すっかりご迷惑をおかけしてしまって……」

シルワの城を脱出したあと、アレクサンドラはまっすぐアクイラに向かった。

アクイラがどう出るかわからない今、それは、むしろ危険な行為だったのかもしれない。

もしも、アクイラ王がオレクを王だと認めれば、アレクサンドラのほうが逆賊《ぎゃくぞく》となり、捕らえられることになる。そうなれば、アレクサンドラもレオニダスも生命はない。

わかってはいたけれど、それでも、ほかに頼れるところはどこにもなかった。

不安な思いでアクイラの国境を越えたアレクサンドラを待っていたのは、迎えの兵士たち。城を脱出する際、急いでしたためた親書を早馬で送っておいたのだが、それを読んだジークフリートが急いで差し向けてくれたのだ。

そうして、アレクサンドラとレオニダスは丁重にアクイラの王都へといざなわれ、今は、王城の奥深くにある静かな一室に匿《かくま》われている。

「いいのよ。気にしないで」

エルウィンの琥珀色の瞳にはやわらかな笑み。

「ジークもいつまでいてもらってもかまわないと言ってるわ」

「ありがとうございます」

「でも、こんなにおそろしい毒の実があるなんて知らなかったわ。アクイラにもあるのかしら？　あるのなら気をつけるように皆にも知らせないといけないわね」

そう言うと、エルウィンはレオニダスの顔をのぞき込んで小さくつぶやくように問いかけた。

「レオ。いつまで寝てるつもり？　早く目を覚まさないと、あなたのかわいいアレクサンドラが悲しむわよ」

「エルウィンさま……」

「女の子を泣かせるなんて許せない。目が覚めたら、おしおきしてあげる。だから、早く目を覚ましなさい。でないと、何も始まらないわ」

エルウィンの言葉に胸の中がじんわりとあたたかくなる。少しずつ細くなっていく希望が、ほんのりと光を帯びる。

エルウィンはアレクサンドラの肩を抱き寄せたしなめるように言った。

「アレクサンドラ。あなたも少しは休みなさい」

「……はい……」

「このままではあなたのほうが先に参ってしまうわ。レオが目覚めた時に元気な笑顔で迎えてあげるのも、あなたの務めよ」

「はい」

それだけを言い置いて、エルウィンは部屋をそっと出ていった。

なんてやさしい人なのだろう。

（ほんとうに、姉上みたい……）

レオニダスが惹かれるのも当然だ。

もう、心は乱れなかった。レオニダスが誰を好きでもいい。

だから……。

「早く、目を覚まして……」


更に二日が過ぎた。

レオニダスの意識はいまだ混沌の中を彷徨《さまよ》っていてアレクサンドラの呼びかけにも答えてはくれない。わかっていて、アレクサンドラはレオニダスに話しかける。

「ディミトリオから連絡が来たわ。よくない知らせで申し訳ないけれど、城は兄の手に落ちたそうよ。兄は、新王を名乗り、我が世の春を謳歌《おうか》しているみたいね」

井戸には毒。風上からは毒の煙。あの時、シルワの城にいたレオニダスの軍勢のうち、いったい、どれだけの兵士がまともに戦えたのか。おまけに、彼らを指揮すべき将軍まで毒に倒れたとあっては、全軍は大混乱に陥ったに違いない。

「でも、安心して。ディミトリオたちは、うまく脱出したそうよ。今は、各地に散らばって潜伏中《せんぷくちゅう》ですって。さすが、黒の将軍麾下の兵士たちはたくましいわね」

ディミトリオからの伝令は更にこうも伝えていた。

『皆が将軍の号令を待っている。シルワの城を奪還《だっかん》すべく用意万端怠《ばんたんおこた》りなし』

その言葉を思い出すだけで、アレクサンドラの胸は熱くなった。

元々シルワの民ではない。イグニス出身の者でさえさほど多くはなく、各地から寄せ集められた流浪《るろう》の傭兵集団だ。

なのに、アレクサンドラにとって今や彼らは家族も同然だった。血のつながった父や母や兄妹たちよりも、ずっと、ずっと、懐かしく、慕《した》わしい。

「みんな、待ってるのよ」

アレクサンドラは、はちみつを溶かした水を口に含み、そっと唇と唇を合わせると、レオニダスの口の中へと流し込む。

ほんのわずかな水とはちみつだけがレオニダスの生命を細くつないでいた。ほかにできることといったら、部屋の温度や風通しに気を配り、身体やリンネルを清潔に保つことくらい。あとは、レオニダス自身が持っている生きる力に託すよりほかはない。

「大丈夫よ……」

アレクサンドラは自分に言い聞かせるようにつぶやく。

「数々の戦場を潜り抜けてきた強い人だもの。毒なんかに負けたりしないわ」

でも……。

ふと、レオニダスの唇が動いたような気がした。

アレクサンドラはあわててその口元に耳を寄せる。

「どうしたの？　何か言いたいことがあるの？」

しかし、答えは返ってこない。混濁した意識の下で何かうわ言をつぶやいただけだったのだろうか。

それでも、あきらめきれなくてレオニダスの寝顔をじっと見ていると、再び唇が震えるように動く。

『寒い』

そう言ったように聞こえた。

「寒いの？　寒気《さむけ》がするの？」

アレクサンドラは必死になって問い質す。

「お願い。答えて。レオニダス」

すると、再び、さっきよりも、少しだけはっきりとした声がレオニダスの唇からこぼれ落ちて言葉を形作った。

「……寒い……」

急いで頬や首筋に手を当てて熱の具合を見る。熱が上がっているのだろうか？　よくわからない。戸惑っていると、レオニダスの全身ががたがたと震えだす。

「……寒い……。寒い……」

もう、自分が何を口走っているのかもわかっていないのかもしれない。レオニダスの声からは、意志の力も何も感じられなかった。

「どうしよう……」

アレクサンドラはおろおろと立ちすくむ。

オレクも言ったとおり、コリアリアの毒を飲むと、軽度の場合は嘔吐《おうと》や吐き気で済むが、致死量を越えて摂取してしまうと、意識を失い、最後には全身が痙攣し、息が止まる。

もしかしたら、ついに、その時がやってきたのだろうか？

レオニダスが死ぬ――――？

「いやよ」

弱々しくつぶやいて、アレクサンドラはレオニダスに取りすがる。

「いやよ……。死んじゃ、いや……」

ずっと『魔女』だと言われてきた。少しは人の役に立つ『魔法』も使った。でも、実際には、こんなにも無力だ。レオニダスの身体の中を駆け巡る毒を今すぐ消し去る魔法も知らない。

アレクサンドラの心は絶望に蝕《むしば》まれていった。

(もう、わたくしにできることは何もないの……？)

そう考えると、つらくて、苦しくて、胸が張り裂けそう。

今にもくずれ落ちてしまいそうな自分をなんとか鼓舞《こぶ》しながら、アレクサンドラは、静かに立ち上がり、ドレスの腰帯を解いた。

何もできないのなら、せめて、あたためてあげたい。レオニダスが今感じている寒さを少しでもやわらげてあげたい。

昔、セーヴェルの森の魔女のところにいた時、熱を出した小さな子供が連れられてきたことがある。『寒い、寒い』とぐずる子供を、セーヴェルの魔女は懐《ふところ》に入れてあたためながら、アレクサンドラに教えてくれたのだ。

『人の身体をあたためる時には人の肌がいいんだよ。できれば、素肌が一番だ。お母さんが赤ん坊におっぱいを飲ませるみたいにやさしくやさしく抱いておやり。そうすれば、気持ちも身体も芯からあったまるよ』

アレクサンドラは、着ているものを全部脱ぎ落として、寝台の上に上がった。レオニダスの夜着の前を開き、そうして、ぴったりと寄り添う。

（ほんとうだわ……）

人の肌って、とても、とても、あたたかい。胸の奥深くまで忍び込んできてぬくぬくとあたためてくれるような心地よさ。

「気持ち、いい……」

ただ触れ合うことがこんなにも気持ちのいいことだなんて知らなかった。

「ねえ。レオニダス。おまえはどうなの？　わたくしの肌に触れて、気持ちいい？」

答えてくれないのはわかっている。それでも、聞かずにはいられない。

だって。

「ほんとうは、好きなの。愛してるの。お願い。死なないで」

いつまでも、わたくしのそばにいて――。

その思いが届いたのだろうか？

耳元で、自分の名前を呼ぶ弱々しい声が聞こえた。

「……アレ…ク…サンドラ……」

はっとして、アレクサンドラはレオニダスの顔を見つめる。黒い瞳には弱々しいながらも意志の光が宿っていた。

「レオニダス！　わかる？　わたくしがわかるの？」

だが、レオニダスにはうなずく力ももう残ってはいないのかもしれない。アレクサンドラに向けられたうつろな眼差しも、すぐに閉じられてしまう。

「レオニダス！　しっかりして」

アレクサンドラは必死になって呼びかける。

「お願い。答えて。答えなさい。これは命令よ」

レオニダスがかすかに笑ったような気がした。しかし、それに続く言葉はない。

いつもみたいに言い返してほしかった。『おまえって、こんな時まで命令口調かよ』なんて、呆れた声で皮肉られたい。

もう、そんな厭味を聞くこともできないのだろうか？　いつも怒ってばかりいたけれど、ほんとうは、レオニダスとそんなふうにして言い合うのも楽しかったのに。

「お願い……。レオニダス。死なないで……」

アレクサンドラの碧の瞳から涙があふれ出す。あとからあとからぽろぽろと落ちて、レオニダスの頬を、額を、静かに濡らす。

そっと、そっと、レオニダスが目を開いた。弱々しい眼差しが、アレクサンドラの碧の瞳を捕らえる。

「……俺は……もう、だめかもしれない……」

「レオニダス……！」

「……結局、おまえを抱けなかったのが、心残りだ……」

「バカね。そんなことが心残りなの？」

アレクサンドラは、レオニダスの頬を両手で包み、その額にくちづけを落とす。

「いいわ。身体がよくなったら、好きなだけ抱かせてあげる」

「……ほんと…か……？」

「ええ。約束よ。破ったら、殺してもいいわ」

だから、お願い。死んだりしないで。ずっと、ずっと、わたくしのそばにいて。

そう口にするよりも先に、突然、強い力で腰を引き寄せられた。

「え……？」

戸惑う暇もなく、膝を割られ、レオニダスのたくましい腰をまたぐような格好に抱き寄せられる。

「な、なに……？　どういうこと……？」

「好きなだけ抱かせてくれるんだろ？」

「は……？」

「たった今、その口で言ったんじゃないか。約束は守れよ」

言うが早いか、レオニダスの両の掌が腰から滑り落ちアレクサンドラの尻を包んだ。うしろから伸びてきた指先が、足の間に入り込んでくる。やわらかな合わせ目をなぞるように撫でられ、淡々と潤み出した入り口を開かれても、アレクサンドラの頭の中は混乱したままま。何がなんだか理解できずに、同じところをぐるぐる回っている。

確かに言った。『好きなだけ抱かせてあげる』って。でも、それは今にも死にそうなレオニダスをなんとか励ましたくて口にした言葉だ。今すぐにしていいっていう意味じゃない。だいたい、レオニダスは瀕死《ひんし》の状態だったんじゃないのか？　そういう状態の人って、普通、こういう行動を取るだろうか？　アレクサンドラの腰を抱き寄せた腕の力は、とてもじゃないが今にも死にそうな人間のそれじゃない。

てことは……。

「もしかして、『寒い』っていうのは嘘だったの⁉」

「まあ。そういうことだな」

レオニダスの口元に、にやり、と笑みが浮かぶ。確かに、少しやつれはしているが、その黒い瞳には、先ほどまで見せていたような弱々しい色はない。代りに宿っていたのは、もっと獰猛な光。あからさまなまでの欲望の色。

「ほんとうは、おまえが口移しで水を飲ませてくれたあたりから、意識ははっきりしてたんだ」

「……うそ……」

「おまえがあんまり真剣な顔してるから、ちょっとからかってやろうかと思って……」

それで、『寒い』なんて言ってみたり、わざとがたがた震えてみせたりしたわけか？　なんて、名演技だ。すっかり騙された。お陰で、とんでもないことまで口走ってしまったじゃないか！！！！

「信じられない！　よくも、乙女の純情を弄《もてあそ》んでくれたわね‼」

アレクサンドラはレオニダスの腕の中から逃げ出そうともがいた。

しかし、病み上がりのくせに、レオニダスの腕は強くたくましくて、すぐに、もっと寄り添うように抱き締められる。

「やっと、愛してる、って言ったな」

レオニダスがささやいた。

「ほら。恋の話になっただろ?」

アレクサンドラは、カーッ、と耳まで真っ赤に染めて硬直する。

そう。言ってしまった。

『好きなの。愛してるの。お願い。死なないで』

レオニダスには聞こえていないと思っていたから、素直な気持ちを口にしてしまった。

ほんとうは、もう随分前からわかっていたような気がする。自分が、この粗野で野蛮で獰猛な、だけど、どこか孤独な魂を持つこの男を、いつの間にか好きになっていたこと。

でも、認めるのが怖かった。自分でなくエルウィンに引かれているレオニダスを許せなかった。自分だけがレオニダスを好きだなんて悲し過ぎる。利用されるだけの存在なんて、つらい……。

それでも、とアレクサンドラは思う。

それでも、レオニダスを失うよりはマシ。

このままレオニダスが死んでしまうと思ったら、ほんとうに怖くて怖くてたまらなかった。そんな世界でひとりで生きていくことはできないとさえ感じた。

今は、もう、こうして生きてそばにいてくれたら、それだけでいい。

だって。

愛してる。愛してる。わたくしは、この男を愛してる。

その思いが何よりも大切なものだと、ようやくわかったから……。

なんだか泣きたいような気持ちがこみ上げてくる。この気持ちはなんだろう？　しあわせというにはせつな過ぎて、悲しいと言うには甘過ぎる痛み。

その疼きに押されるようにして、アレクサンドラはその言葉を告げた。

「ええ。レオニダス。わたくしはおまえのことを心から愛しているの」

「アレクサンドラ……」

「たとえ、おまえの気持ちがほんとうはエルウィンさまの上にあっても、もう気にしないわ」

レオニダスの両方の掌がアレクサンドラの頬を包んだ。そのまま引き寄せられて、触れるだけの淡いキス。

「おまえは、ほんっっっと、バカだなぁ」

レオニダスの黒い瞳に苦笑が浮かぶ。

「前にも言っただろ。古い物語では、塔に幽閉されているプリンセスは、救い出してくれた勇者と恋に落ちることに決まってるんだよ。そして、幾多の困難を乗り越えたあと、愛し合うふたりは結ばれ、しあわせになるんだ」

「レオニダス……」

「恋に落ちたのは、プリンセスだけじゃないって、いいかげん、わかれよ」

それは、つまり、『俺もだよ』っていう意味。『俺もおまえを愛してるよ』ってこと。

「あ……」

アレクサンドラの瞳から再び涙があふれ出した。

でも、その涙は、レオニダスの死を覚悟した時のそれとは違ってあたたかい。アレクサンドラの碧の瞳を、眦を、頬を、しっとりとやさしく濡らしていく。

「好きよ。大好きよ。レオニダス。わたくしをあなたのものにして」

「バカ言え。出会ったその日から、おまえは、もう、俺の女なんだよ」

レオニダスが笑った。

「これほどまでに俺を焦《じ》らした女はおまえが初めてだ。お預けくらって、今まで我慢した俺を褒めてほしいくらいだぜ」

焦らしたつもりはなかったんだけど、なんて思いながら、アレクサンドラは問いかける。

「それじゃ、例の約束、守るつもりはなかったってこと?」

「あたりまえだろ」

「ひどいわ」

「でも、もう一つの約束は絶対に守ってやる。俺がおまえを絶対に女王にしてやる」

ほんの少し前までは、そう言われても戸惑うだけだった。自分が女王になるなんて想像すらできなかった。

でも、今は、レオニダスのためにシルワの女王になるのなら、それも悪くないと思う。レオニダスと共に国を豊かに導き、そして、どこよりもすてきな国になったシルワをレオニダスにあげたい。

でも、そうと口にするのは恥ずかしくて、アレクサンドラは、涙でぐしょぐしょの顔にもっともらしい表情を作り、大仰《おおぎょう》にうなずいて、こう言った。

「良《よ》きに計《はか》らえ」

レオニダスの黒い瞳に焔《ほむら》が灯《とも》る。底知れない深い闇の底から、純粋なまでの欲望が浮かび上がる。

「では、女王の仰《おお》せのままに」

やにわに伸びてきた掌が、下から押し上げるようにして青い果実のような乳房を包んだ。

「相変わらず、ちっせぇ胸だな」

「いや……。言わないで……」

「でも、さわり心地は申し分ない。もちろん、感度もな」

両方の薔薇色の蕾《つぼみ》を同時に指先でつままれ、こねくり回されて、背中に熱い痺《しび》れが走る。

「…あっ……」

あふれ出す、甘い吐息。身体の奥に、じゅん、と熱いものが広がる。

「あ……いや……。なんだか、怖い……」

レオニダスに胸を弄られたことは何度もあるが、こんなふうに気持ちごと委《ゆだ》ねるのは初めての経験だ。未知の感覚に身震いするアレクサンドラを抱き寄せ、レオニダスが耳元でささやく。

「どこが怖いんだ？　気持ちいい、の間違いだろ」

「気持ち、いいの？　これが……？」

「気持ちいいんだろ？　ほら。こんなに濡れてる……」

レオニダスの指先がやわらかな肉を割って中に入ってきた。しとどに濡れたそこは、無遠慮な指先になんの抵抗も示さない。むしろ、自ら進んで奥へと誘い込んでいく。

「あぁ……」

ズキン、と痛みにも似た戦慄が背中を駆け上がった。頭の芯がびりびりと痺れる。

怖い。

でも、やめてほしいとは思わない。むしろ、もっと、もっと、してほしい。泥沼に引きずり込まれていくような恐怖。しかし、それは、とても、甘美で……。

「気持ちいい、って言えよ」

甘いささやきがそそのかす。

「そうすれば、もっと、気持ちよくなれるぜ」

もうまともにも
わからない。けれども、身体を駆け巡る熱に頭の中までかき乱されて、もうまともにものを考えられない。言われるままに、アレクサンドラは震える吐息を吐き出す。

「……いい……。気持ち、い……」

言葉に呼応するように、レオニダスの指を包んでいるやわらかな襞がきゅうっと蠢《うごめ》いた。アレクサンドラの内部を暴《あば》くレオニダスの指の形がはっきりとわかるほどに、きつくきつく締め付ける。

背筋を貫《つらぬ》く熱の塊が頭のてっぺんで真っ白になって弾《はじ》けた。

熱い。身体が内側から焼けてぐすぐずに溶け落ちていきそう。

「すっげー締め付けだな」

言いながら、レオニダスがアレクサンドラの中から指を抜き取る。

「あ……」

思わずこぼれた声に色濃くにじむ失望を見抜いて、レオニダスが苦笑した。

「何、残念そうな声出してんだよ」

「……わ、わたくしは……」

思わずはしたない真似をしてしまった恥ずかしさに、アレクサンドラの眦《まなじり》が潤む。レオニダスはその眦に、小さく、ちゅっ、とキスをして、それから、情欲に濡れた声でささやいた。

「心配すんなって」

「レオニダス……」

「すぐに、別のものを挿《い》れてやるから」

強い力で両側から腰を掴まれた。そのまま身体を起こされ、膝立ちでレオニダスの腰をまたがされる。

熱に溺れた足にはろくに力が入らなかった。がくがく震える身体を支え切れずに、レオニダスの熱い胸に両手をつく。

弾みで、下半身がぴったりと密着した。触れただけでわかる。レオニダスのそこは熱く滾《たぎ》っている。アレクサンドラの中に入りたいと、勃《た》ち上がり、やわらかな襞を押し上げる。

「……んっ……」

瞬間、背中を走った痺れは、期待によるものだ。この大きく硬いもので突き上げられる。そう思っただけで、身体の中が待ちきれないようにざわざわと収斂《しゅうれん》する。

だが、レオニダスは、言葉とは裏腹に、すぐにはそうしてはくれなかった。

ぴったりと下半身を密着させたままで、腰を掴まれ、揺すられる。

敏感な部分を擦り上げる熱い肉の塊。レオニダスのそれは、ぐっしょりと濡れたやわらかな襞に隙間なく挟み込まれ、今や同じほどに濡れそぼっている。

触れ合った部分から時折漏れ落ちる濡れた音の、なんと淫らなこと。その淫らさに震えるアレクサンドラの身体の奥からはとめどなく潤みがあふれ出し……。

もう、これが気持ちいいのかそうでないかなんてことは、どうでもよかった。

わかっているのは、この感覚には抗《あらが》えないということ。野蛮で、粗野で、獰猛で。でも、どこかがせつない。レオニダスそのままの耐え難い衝動。

初めての快楽に揺さぶられ、アレクサンドラは嬌声《きょうせい》を上げ続けた。

足の間を行ったり来たりしているそれは、充分に猛っていて、今にも中に入ってきそう。なのに、何度も何度も入り口をかすめては、通り過ぎていく。

こんなんじゃない。こんなんじゃ、物足りない。もっと、もっと、深く、レオニダスを感じたい。

次第に焦れていく気持ちと身体を持て余して、アレクサンドラは情欲にかすれる声で訴えた。

「いれて……。もう、いれて……」

その言葉に、レオニダスが苦笑する。

「おいおい。処女のくせに、なんて、誘い方するんだよ?」

「だって……、中が疼くの……。このままだと、おかしくなっちゃう……」

レオニダスが舌打ちした。

「おまえって……」

アレクサンドラは思わず小さくすくみ上がる。

怒った？　嫌われた？　はしたない女だと呆れられた？

だとしても、どうしようもなかった。そのくらい、この快楽というものは凶暴だ。

「あ……。わたくし……」

レオニダスの腰の上にまたがったまま震えていると、ふいに、きつく抱き寄せられ、噛み付くようなキスをされた。

「まったく、処女だと思って気を遣ってやってるっていうのに、人の気も知らないで」

「え……？」

「おまえがその気にさせたんだからな。覚悟しろよ」

「え……？　え……？」

（そんな……。わたくしは、そんなこと……）

言い訳をする暇もなく、腰を両手で掴み上げられる。

何が起こっているのか理解する余裕もなかった。

まるで熱の塊のようなものがやわらかな場所を切り裂くようにして下からアレクサンドラの中に侵入してくる。アレクサンドラの潤みに助けられ、それはなんの抵抗もなくひそやかに疼き続ける隘路《あいろ》の奥深くまで一気に押し入る。

「────っ」

覚悟はしていたが、破瓜《はか》の痛みは想像以上だった。鋭い刃を突き立てられでもしたかのような痛みが身体の芯を突き抜ける。

痛い。痛い。つながった場所から、ズキン、ズキン、と痛みが断続的に広がってくる。いっぱいに広げられた股関節は軋んで悲鳴を上げていた。

なのに、胸には言いようのない安堵が広がっていく。

身体の中にレオニダスを感じる。隙間もないほどに、レオニダスとつながっている。

そう思うと、この痛みさえいとおしい。

「痛いだろ?」

聞かれて、アレクサンドラはこくこくとうなずいた。

「我慢しろ。そのうちよくなる」

今度は、こくん、と一つ。

ただ震えるばかりで身動き一つできないでいるアレクサンドラの腰を掴み、レオニダスがゆっくりと揺さぶる。アレクサンドラの無垢《むく》な器官に、自身をなじませ、その形さえ覚え込ませようとするように、アレクサンドラの中をゆるゆるとかき混ぜる。

痛みはなくなったわけではない。なのに、そうされると、身体の奥で何かが目覚めるのがわかった。

「あ……。いい……」

指で弄られた時に感じたのと似ているけれど、もっと、大きくて深い陶酔《とうすい》がアレクサンドラを包む。身体じゅうのあちこちから集まって、縒《よ》り合わさって、一つの大きな流れになる。

いつしか、下から激しく突き上げられていた。つながりあった場所は、ぐずぐずにとろけて、今や快感しか紡ぎ出さない。

嵐のように乱れる身体とは裏腹に、心は安らぎに満ちていく。

やっと、やっと、満たされた。ずっと虚ろだった心の中に、今はレオニダスがいる。

誰かのものになるって、こういうことだったのだ。自分は、今、レオニダスのものになった。

「愛してる……。レオニダス……。あなたを愛してるの……」

伸ばした手を、大きな掌が捕まえてくれた。

触れ合う歓びに微笑むと、指先にキスをされる。

そのまま、抱き寄せられ、一際大きく突き上げられて、アレクサンドラは小さく悲鳴を上げる。

快楽の階《きざはし》を上り詰めた瞬間、耳元でレオニダスが何か言ったような気がした。

「俺も……」

俺も、おまえを愛してる――――。

それは、身も心も溶けてしまいそうなほど、甘い、甘い、ささやきだった。


「あー。やっぱ、病み上がりの一発はきついな。さすがに、腰がガクガク」

耳元でレオニダスが盛大にぼやいた。

アレクサンドラは、ちらりと横目でレオニダスの顔を窺って、冷たく言い放つ。

「だったら、しなければいいのに」

ようやく意識が元に戻って、起き上がってみたのはいいが、四日間も寝たきりだったせいか、レオニダスは、最初はふらついてまともに立つことさえ難しい状態だった。

今だって、アレクサンドラの肩を借りてようやくなんとか歩いているというのに、ほんと、よく、あんなことができたもんだと思う。

アレクサンドラがなかば呆れていると、レオニダスがにやにやしながらアレクサンドラの耳朶《みみたぶ》にキスをする。

「照れるなよ。誘ったのはそっちだろ。裸で抱きついてきたくせに」

「あれは、おまえが寒いと言ったからよ！　誘ったわけじゃありません！」

憤慨するアレクサンドラをよそに、レオニダスはなにやら勝手なことばかりほざいていた。

「言っとくけどな、さっきのアレが俺の真の姿だと思うなよ。普段の俺はあんなもんじゃねぇからな」

「あ、そう。そうですか」

「なんだよ。信じてないな。その目は。見てろよ。体力が戻ったら、もっと、もっと、すっっっげーこと、いっぱいしてやるから」

「はいはい。わかりました。わかったから、早くよくなってね」

適当にあしらいながらも、心の中では『もっと、もっと、すっっっげーこと、って、いったい、どんなことするつもりなんだろう?』なんて、ちょっと期待している自分がいる。

(これって、この男に毒されちゃったってことかしら???)

そんな自分が、恥ずかしいような、うれしいような、困ってしまうような、なんだか複雑な気分になっていると、部屋の外から誰かが急いで近づいてくる足音が聞こえてきた。

たぶん、エルウィンだろう。レオニダスが意識を取り戻したことを知らせるために使いをやったから、それを聞いてすぐに様子を見に来てくれたのだ。

アレクサンドラの肩にすがり立ち上がっているレオニダスを見たエルウィンの琥珀色の瞳に、みるみるうちに涙が浮かぶ。

「よかったわ……。レオ……。ほんとうによかったわ……」

レオニダスは少し困ったような顔をしてエルウィンを見た。

「悪かったな。心配かけて」

(随分殊勝《しゅしょう》ですこと)

と、アレクサンドラはひとりごちる。

(わたくしに対する態度との、この違いは、いったい、何？？？)

ちょっとだけ腹が立ったけど、大目に見てやることにする。どっちにしたって、エルウィンは人妻だ。しかも、ジークフリートと深ーく深ーく愛し合っている。レオニダスが割り込む余地なんか欠片もない。

「ほんとよ。レオ。心配したわ」

エルウィンは微笑んでいた。

「アレクサンドラにもたくさんたくさん心配をかけたんだから、ちゃんとお礼を言わなくてはだめよ」

「わかってるって」

「ほんとに？」

「それよりも、エルウィン。腹が減った。何か食《く》わしてくれよ」

お説教めいた言葉に照れたのか、レオニダスが無理やり話題を変える。

「肉がいいな。肉。血がしたたるようなやつをがっつり食いたい」

「だめよ」

レオニダスの申し出を、即、たしなめたのはアレクサンドラだ。

「四日も何も食べていなかったのよ。最初はパンか大麦のお粥《かゆ》にしなさい」

途端に、レオニダスが不満顔になる。

「えー。そんなもん食ったって体力つかねーよ」

「いきなりお肉なんか食べたら身体に負担がかかり過ぎるわ。最初は消化のいいものから始めて、身体を慣らさなくちゃ」

「って言ってもよ……」

言い合うふたりを見て、エルウィンが、ぽつり、と漏らした。

「あなたたち、なんだか、雰囲気変わったわね」

瞬間、アレクサンドラは真っ赤になった。

まさか、「しちゃいました」とも言えず、レオニダスの横顔を見上げると、レオニダスはそ知らぬ顔をしてそっぽを向いている。

そんなふたりの顔を交互に見比べて、エルウィンは小さく声を立てて笑った。

「まあ、いいわ」

「エルウィンさま」

「仲がよくて何よりよ」

アレクサンドラは、先ほどよりも、更に、更に、真っ赤になってうつむく。

恥ずかしい。穴があったら入りたいくらい。

だけど、この恥ずかしさは胸がくすぐったくなるようなしあわせに満ちている。このしあわせを脅《おびや》かされたくない。

今になって、ジークフリートが言った言葉の意味がよくわかった。

『私の妻や子供たちが笑顔で暮らせる日々を守りたい』

アレクサンドラも同じだ。

このしあわせを守りたい。

アレクサンドラは、顔を上げ、まっすぐにエルウィンを見つめた。

気持ちは、もう、固まっている。あとは実行するだけ。

「エルウィンさま。お願いがあります。わたくしは、ここアクイラの教会でレオニダスと結婚したいと思います」

「まあ……」

エルウィンが驚きに目を瞠る。

アレクサンドラは、レオニダスを支えたまま、可能な限りの恭しさでエルウィンに向かって頭を下げた。

「アクイラの王太子妃さま。お慈悲です。どうぞ、そのお許しをくださいませ」


立会人はジークフリートとエルウィンのふたりだけだった。

人々の歓声も、盛大な宴も何もない、簡素な結婚式。

ドレスも平服のままだ。

唯一、アレクサンドラの身を飾っているのは真っ白な絹のベール。

これではあまりにもアレクサンドラが不憫《ふびん》過ぎると言って、エルウィンがくれたものだ。

『これは、わたしの婚礼の際にジークから贈られたものなのよ』

そう言われて、アレクサンドラは「そんなたいせつなものをもらうわけにはいかない」と、エルウィンの申し出を断固拒否した。

しかし、エルウィンは譲らない。

『では、わたしの娘がお嫁に行く時までアレクサンドラが預かっていてちょうだい』

そんなふうに説得されたら、もう断れなくて……。

結婚証明書にサインをして、レオニダスが言った。

「シルワの城を奪還《だっかん》したら、もう一度、盛大にやり直すか?」

しかし、アレクサンドラは静かに首を横に振る。

「いいの。これで、いいのよ」

レオニダスをじっと見つめると、黒い瞳がわかったというように小さくうなずく。

どこか、とても深いところで、この男とはつながっていると思えた。

だから、もう怖くない。きっと、何もかもがうまくいくはず。

誓いのキスにアレクサンドラの胸は震えた。

今日、わたくしはこの男と結婚した。

この男の妻になった――――。


久しぶりに見たシルワの城は夥《おびただ》しいほどの紅い光に包まれていた。

暗闇の中、丘の上に浮かび上がるその姿は、はるか彼方《かなた》、国境を越えたアクイラからでも視認《しにん》することができるのではないかと思えるくらい明るく、まるで炎上しているようにも見える。

丘のふもとの森から、こっそりとその異様な姿を見上げて、アレクサンドラはわずかに眉をひそめた。

「何、あれ？　いったい、何をやってるの？」

疑問に答えてくれたのはディミトリオだ。

「ああ。あれは、どうやら、魔女対策らしいですよ」

「魔女対策？」

「城内に間者《かんじゃ》を潜入させて噂を流したんです。新王のオレク殿下は魔女を蔑《ないがし》ろにした。この城は呪われている。きっと、近いうちにその報《むく》いがあるだろう、みたいな？」

（魔女って、もしかして、わたくし？　わたくしが呪ってるの？）

失礼な。

ひとこと何か言ってやりたかったが、口を挟む間もなく、ディミトリオが更に説明を続ける。

「ついでに、城に忍び込んでいろいろといたずらを仕かけたんです。狭い通路にこっそり糸を張って転ばせたりとか、暗闇で背中を叩いて気づかれないうちに物陰に隠れるとか、誰かと誰かの持ち物を夜のうちに入れ替えておくとか、まあ、そんな感じですかね」

「それは、また、随分と地道な作業ね」

「でも、効果は絶大でしたよ」

ディミトリオの灰色がかった水色の瞳に楽しげな笑みが浮かんだ。

「魔女の呪いにおびえて、兵士たちがどんどん城から逃げ出していってるんです。もともとオレクが連れてきた兵士の半分は金で雇われた傭兵たちでしたが、そいつらは、もう、ほとんど残っていません。残りの兵士たちも恐怖を紛《まぎ》らわせようとすっかり酒浸りで、今、あの城ではまともな兵力を維持できていない状態です」

「そう」

「最近では、ああして、部屋という部屋に蜜蝋の火を点し、城外では篝火《かがりび》を燃やし続けています。暗闇は怖いですからね。闇をなくすことで、少しでも魔女の気配から逃れたいと、そういうことみたいです」

「なるほどね」

それで、あんな無駄遣いをしているのか。シルワには森が多いから薪《まき》に事欠くことはないにしても、蜜蝋は決して安価ではない。それを毎晩、城内の部屋という部屋で使用するなんて贅沢、普通は考えられない。

夜は暗いもの。夜は闇の世界。あんなに明るい夜なんて不気味にもほどがある。

うなずくアレクサンドラの横で、レオニダスが盛大にぼやく。

「あー。めんどくせぇ。こんな策を弄《ろう》しなくても、あんな弱っちい軍隊、攻め込めば簡単に蹴散《けち》らせるのに」

すぐに、アレクサンドラは言い返した。

「だめよ。わたくしの城を血で汚すのは禁止」

「へいへい。女王陛下の御心《みこころ》のままに」

「だって、できれば誰も死んでほしくない。兵士たちは家族も同じですもの。死んだら悲しいわ」

そう言うと、ふいに強い力で肩を抱き寄せられる。そうして、こめかみに熱いキス。

「だから、こんなしちめんどくせー作戦立てたんじゃないか」

「そうね」

「安心しろ。ディミトリオは、こういう、ちまちましてる上に人の裏をかくような陰険極《いんけんきわ》まりない作戦を非常に得意としてるから」

ちらり、と表情を窺うと、ディミトリオはにこにこと笑っていた。

「お褒めに預かり光栄です」

「褒めてねーよ」

相変わらずのふたりのやり取りに、知らず微笑みが浮かんでくる。春の陽射しみたいにぽかぽかする気持ちを抱き締めるように両手で胸を押さえながら、アレクサンドラは再び異様な姿のシルワの城を見上げた。

レオニダスが回復するまでに五日。更に、作戦のために十日を要した。

夜陰《やいん》に乗じて国境を越え、今は、レオニダスやディミトリオと共に城からほど近い森の中に身を潜めている。

今夜、アレクサンドラたちはあの城を奪還する。オレクを打ち破る。

昂《たか》ぶる気持ちに身を震わせていると、隣で、アレクサンドラと同じようにシルワの城を見上げていたレオニダスがぽつりと言った。

「オレクが使った毒を使うあの戦略、実は、昔、俺もやったことがあるんだ」

「うそ！　ほんとに!?」

「ああ。オレアンデルを使うところもまったく同じだ。葉を井戸に投げ込み、風上で枝を燻《いぶ》した。たぶん、オレクはどこかでその時のことを知ったんだろうな。で、調べて俺の真似をした」

見上げたレオニダスの横顔は、見るともなしにシルワの城に向けられたまま。あるいは、その黒い瞳は遠い過去を見ているのかもしれない。それくらい、眼差しは遠い。

「おまえは毒を使うなんてひどいと言うかもしれないが、しょうがないだろ。戦争なんだから。やらなかったら、こっちがやられる」

「……そうね……。そう、なのよね……」

「だけど、もう、やんねーよ。毒で動けなくなってる軍勢を殲滅《せんめつ》するのは簡単だったが、あれほどつまんねーこともなかった。ああいうのは面白くない。俺には向いてない」

「レオニダス……」

「しかし、自分が立案した戦略をそっくり真似されるっていうのは気分のいいもんじゃないな。畜生《ちくしょう》。オレクのヤツに使用料を請求してやりたい気分だ」

その言葉にアレクサンドラはそっと微笑んだ。

粗野で野蛮で獰猛で好戦的。目的のためには手段を選ばず、今まで数々の卑怯な策を弄してきた狡猾な男、レオニダス。彼のほんとうの強さがなんなのかようやくわかったような気がする。

彼は揺るがない。自分自身に嘘をつかない。レオニダスはどこまでいってもレオニダスだ。野蛮なのも、狡猾《こうかつ》なのも、そして、実は少し淋しがり屋さんなところも、全部、レオニダス。何もかもをひっくるめて、この男がいとおしい。

気持ちのままにレオニダスを見つめると、唇の上にキスが落ちてきた。触れるだけのやさしいキス。昂ぶっていた気持ちが、静かに凪《な》いでいく。

唇を離した時、見計らったようにディミトリオが声をかけてきた。

「将軍。そろそろいい頃合いです」

「そうか」

レオニダスが、アレクサンドラの身体を押しやり、ディミトリオに向き直る。

「それじゃあ、行くとするか」

レオニダスの口元に不敵な笑みが浮かんだ。

「魔女ごっこの始まりだ」

シルワの城の門の前では、ふたりの兵士が寝ずの番をしていた。

兵士たちのすぐ近くでは篝火が明々と燃えている。火の勢いは強く、かなり遠くからでも兵士たちの顔がはっきりとわかるほど。もちろん、その顔に浮かんでいるおびえた表情も……。

「おい。なんか、今、変な音がしなかったか……？」

右側の兵士が言った。

左側の兵士がすくみ上がってあたりを見回す。

「怪しいヤツは見当たらないぞ」

「でも、魔女って、姿を消したりできるんじゃないのか？」

「いやなことを言うなよ。そんなこと、できるわけないだろ」

「でも、魔女だぞ。人を呪い殺すほどの魔力を持った魔女なら、そのくらいできてもおかしくないいんじゃないのか？」

ふたりの兵士が顔を見合わせる。

そうして、ふたりそろって、おそるおそる視線を巡らしたその時――――。

城内から断末魔《だんまつま》のような悲鳴が聞こえてきた。続いて、城の中を明々と照らしていた蜜蝋の炎が、一つ、また一つ、消えていく。

「う、嘘だろ……」

「何が起こってるんだ？」

「まさか……、魔女……？」

ふたりの兵士は震えながら城を見上げている。ほんとうなら、何が起こっているのか確かめに行くべきなのだろう。しかし、恐怖のあまり足がすくんで動けない。

ふいに、あたりが暗くなった。あたりを照らしていた篝火が消えたのだ。

一瞬で闇に包まれた夜の中に蠢《うごめ》く黒い影が……。

「ひっ……。ま、まじょ……」

しかし、兵士はそれ以上の悲鳴を上げることはできなかった。黒い影に捕らえられ、猿轡《さるぐつわ》を噛まされたからだ。

黒いマントに身を包んだレオニダスは、兵士を手際よく縛り上げながら小さな声でぼやく。

「ちっ。チョロいぜ。チョロ過ぎて、つまんねー」

そのすぐそばでは同じように黒いマントに身を包んだディミトリオが、もう一人の兵士を縛り上げながら、麾下の兵士たちに指示を出していた。

「こいつらをどこかに連れていって逃げないように見張ってろ」

すぐに何人かの兵士たちが、荒縄でぐるぐる巻きにされた見張り番のふたりを担《かつ》いでどこかに連れていく。

入れ違うようにして、それとは別の兵士たちが門から城の敷地内に入っていった。必要最低限の篝火を残し、それ以外のものを消すためだ。

紅の光に包まれ、夜の闇の中、禍々しく浮かび上がっていたシルワの城が少しずつ闇を取り戻していく。あるべき姿を取り戻し、夜に融ける。

裏腹に城内での喧噪《けんそう》は激しくなっていた。あちらこちらで、悲鳴や怒号が飛び交っている。

「皆さん、よっぽど魔女が怖いみたいですねぇ」

うそぶくようにつぶやいたのはディミトリオだ。

今、城の中では、予《あらかじ》め昼間に忍び込んでいた数名の兵士たちが蜜蝋の明かりを消して回っているところ。黒いマントに身を包み、顔が隠れるくらいフードを深く下ろした彼らは、迷信深いオレクの部下たちからは、さぞかしおそろしい魔女に見えていることだろう。神出鬼没《しんしゅつきぼつ》の彼らと出会うたびに、悲鳴を上げ恐怖に身を震わせているに違いない。

「行くぞ」

レオニダスが号令をかけた。

黒いマント姿の兵士たちが、見張りを失った門から城の中へと入っていく。アレクサンドラも同じように黒いマントに身を包みあとに続いた。

「城から逃げ出すヤツらは放っておいてかまわない。抵抗する者だけを生け捕りにして捕虜《ほりょ》にしろ。くれぐれも殺すなよ。我らが女王陛下は血を望んでおられない」

レオニダスの声が夜の闇に低く響く。

「目指すはオレクただひとり。一刻も早く、あいつを見つけ出して捕らえろ」

城の入り口まで来ると、アレクサンドラは、レオニダスと視線を合わせ、それから、城内へとなだれ込んでいく兵士たちとは離れて、別の方向へ向かう。

隠しておいたヤロスラフ王の剣を取ってくるためだ。

アレクサンドラに従ったのは数名の兵士たち。その中にはジャラードもいる。ヤロスラフ王の剣を隠してあるハーブ園あたりでいつも作業をしているジャラードなら、たとえ夜の闇の中であっても、あたりの様子に迷うことはないだろう。

庭のはずれにあるハーブ園までは多少距離があったものの、途中、誰にも出会うことはなかった。本来ならば、見回りの兵士がいるはずだが、あるいは、もう、逃げ出してしまったあとなのか。

なんなくハーブ園にたどりついたアレクサンドラは、作業小屋の奥からぼろ布に包まれたヤロスラフ王の剣を取り出す。ぼろ布とリンネルを剥《は》ぎ取り、なめし皮を開くと、中から鈍《にぶ》く光る大きな剣が現れた。

よかった。無事だった。

ほっとして、アレクサンドラはヤロスラフ王の剣をなめし皮で包み、しっかりと両腕でかかえる。

これこそが真のシルワ王の証。これがあれば、きっとヤロスラフ王が守ってくれる。だって、ヤロスラフ王が自《みずか》らレオニダスを選んだのだから。真の王でなければ抜けない剣を、レオニダスが抜くことを許したのだから。

アレクサンドラはハーブ園をあとにし、城の入り口へと向かった。早くレオニダスと合流しなくては。

城の中からは悲鳴と怒号が聞こえてくる。騒ぎはまだ収まっていない。たぶん、オレクはまだ見つかっていないのだろう。子供の頃、かくれんぼが得意だったのはアレクサンドラのほうだった。オレクなら、あの城の中の、いったい、どこに隠れるだろう？

ふいに、近くで何か物音が聞こえたような気がした。

アレクサンドラは、立ち止まり、耳を澄ます。

「聞こえなかった？　人の声みたいだったけど」

アレクサンドラの言葉に兵士たちが顔を見合わせた。どうやら、誰も聞いていないらしい。ということは、空耳だったのだろうか？

でも……。

何かが引っかかって立ちすくんでいると、ジャラードがおもむろに這《は》いつくばり、地面に耳を寄せた。

「……地の底からなんか響いてきませんか……？」

ほかの兵士たちも、ジャラードにならって地面に耳を当てる。

「ほんとうだ」

「なんだか人の声のようにも聞こえるな」

「でも、地の底から？　なぜ？」

少しだけ考えて、アレクサンドラはすぐに思いつく。

そうだ。この下は歴代の王族が眠る墓所ではないか。

（まさか、そこに誰かがいるってこと……？）

アレクサンドラは護衛の兵士のひとりに向かって言った。

「誰か、手の空《あ》いている人たちを呼んできて」

「アレクサンドラさまは？」

聞かれて、墓所の入り口を指差す。

「わたくしは墓所に行ってみます」

「そんな！　危険です」

「大丈夫よ。下にいるのは、たぶん、ひとりか、いても少人数だわ。大勢が隠れているような気配はしないもの」

そう言いおいて、アレクサンドラは墓所の扉をそっと開いた。扉の向こうには夜の闇と同じくらい濃い闇が広がっている。流れ出すかび臭い空気。それと共に、誰かがぶつぶつと低くつぶやいている声が聞こえてきた。

やっぱり、いる。誰かがいる。

足音を立てないように気遣いながら、アレクサンドラたちは狭い通路を手探りで下りていった。墓所じゅうに響き渡っているんじゃないかと思うほど、大きな音を立てて胸が鼓動を刻んでいる。緊張で足が震えていた。潜めた息が苦しくて、頭の芯がズキズキする。

ゆっくり、ゆっくり、這うような速度で進んでいくと、ようやく墓所の手前まで来た。誰かがいることを裏付けるように、墓所からは蜜蝋の淡い光が漏れてくる。つぶやきが大きくなる。意味のよく聞き取れないそれはまるで魔法使いが唱える呪詛のよう。何かに対する恨みつらみが込められているようで……。

兵士のひとりが、そっと、そっと、墓所の中を窺った。何もない。誰もいない。どこかに隠れたか？　気がつけば、いつしかあの呪詛のようなつぶやきも止んでいる。

兵士たちは、互いに顔を見合わせ、意を決してゆっくり墓所に入っていった。アレクサンドラも一番うしろから兵士たちに従う。

墓所の中からは人の気配が消えていた。あたりを見回す。墓所の中は薄暗く、隠れようと思えばいくらでも隠れる場所はありそうだ。

（いったい、どこに……？）

探るように振り向いたその時、突然、誰かに腕を掴まれた。強引に引き寄せられ、背後から羽交《はが》い絞めにされる。

「動くなよ」

すぐ耳元で声が聞こえた。

「動くと、おまえたちの女王さまの生命はないぞ」

顔を見て確認するまでもなかった。

「……兄上……」

なぜ、こんなところに？

その疑問は、オレクの手に戴冠式のために作られた贋物のヤロスラフ王の剣が握られているのを見た瞬間、解けたような気がした。

たぶん、オレクは兵たちが攻め入ってきたのを知って城から逃げ出してきたのだ。しばらくここに身を隠し、隙を見て逃げ出すつもりだったのだろう。ヤロスラフ王の剣を持ち出したのは、シルワの王位をあきらめていない証拠だ。

我が兄ながら、なんて執念深い。何がここまでオレクを駆り立てるのだろうか？　自分にはレオニダスの望みを叶《かな》えてあげたいという野望があるけれど、オレクにとってのそれは、いったい、なんなのだろう……。

「随分と姑息《こそく》な手を使うじゃないか。我が妹よ」

オレクがせせら笑った。すかさず、アレクサンドラは言い返す。

「その言葉、そっくりそのままお返しするわ」

オレクの気配が怒りに染まった。アレクサンドラを拘束《こうそく》する腕にも力がこもる。

「僕は言ったんだ！　アレクサンドラにはそんな魔力はないって、人を呪うことなんかできないって……！　だけど、みんな、僕の言うことなんか、少しも聞きやしない。いもしない魔女におびえて、浮き足立って、このとおりさ。ほんと。迷信深いヤツばっかだよ。どうしようもないったら……」

オレクの言葉は、語気は荒かったが、どこかたよりなかった。王になったと言っても、オレクには周囲に信頼できる人が誰もいなかったのかもしれない。どちらにしろ、一度は国を捨てた人たちだ。戻ってきたって、また簡単に国を捨てる。

アレクサンドラは静かな声でオレクに語りかける。

「そうよ。わたくしは人を呪ったりしないわ。ううん、しないんじゃなくて、できないの。だって呪いの魔法なんてないんだもの」

「……だよな……。あったら僕が使いたいよ」

「でも、そんなふうに言うってことは、ほんとうは、兄上は、わたくしのことを、魔女だとは思っていなかったのね」

オレクの唇から笑いがこぼれた。暗い暗い笑い。耳にした者の心さえ蝕《むしば》むような。

「いや……。違うな。我が妹、アレクサンドラよ。おまえは、やっぱり、魔女だ。僕を破滅へといざなう、とてつもなく邪悪な魔女だ」

「……兄上……」

「おまえのような魔女は生きていてはいけないんだ。死ねよ！　アレクサンドラ。僕の前から消え失せろ!!」

オレクが剣を振り上げるのが目に入った。

思わず、首をねじ曲げて見たオレクの碧の瞳は急激な感情の昂ぶりに血走っていた。耳にかかる吐息が荒い。

殺される。オレクは本気だ。本気でアレクサンドラに剣を向けている。

逃げなくては。せめて、急所には当らぬよう身をかわさなくては。

必死になってもがいていると、突然、何かが、どん、とぶつかってきて、オレクの腕の力がゆるむ。

ジャラードだった。ジャラードが、オレクの背中に体当たりをしたのだ。

弾《はず》みで、アレクサンドラの身体は床に転がった。

兵士たちが剣をかまえる。しかし、オレクの視線はアレクサンドラひとりに注がれていた。ほかの兵士たちなど目に入らぬように、アレクサンドラだけを追いかけ、その細い身体に向かって剣を振り下ろす。

「死ね！　アレクサンドラ！　死んでしまえ!!」

「……兄上……！」

「おまえ、邪魔なんだよ！　おまえなんか生まれてこなければよかったんだ!!」

めちゃくちゃに剣を振り回しているオレクのそばには誰も近寄れない。アレクサンドラは床を這いずりながらオレクからのがれる。

狂気に憑《と》りつかれたオレクの瞳は、碧の炎を宿したように爛々《らんらん》と光っていた。

（なぜ？　どうして？　兄上はこれほどまでにわたくしを憎むの？）

怒りよりも、悲しみがアレクサンドラの胸を浸す。

「アレクサンドラさま！」

逃げ惑うアレクサンドラと追うオレクとの間に飛び込んできたのはジャラードだ。ジャラードはアレクサンドラをかばうようにオレクの前に立ちはだかる。

「だめよ！　ジャラード！　やめて！」

「大丈夫です！　俺だって、アレクサンドラさまの盾くらいにはなれる！」

オレクが剣を振りかぶった。狂気に歪《ゆが》んだ碧の瞳がアレクサンドラを貫く。

「ふたりまとめて叩き斬ってやる!!」

ふいに、重く風を切る音が澱んだ空気を切り裂いた。

次の瞬間、どこからか飛んできた大きな剣がオレクの足元に突き刺さる。

暗闇から現れたのは、黒い髪、黒い瞳の背の高い男。

「悪いな。ジャラード。そいつを守るのは、おまえじゃなくて俺の役目なんだよ」

そう言って、レオニダスは不敵に笑った。

「レオニダス……。きさま……。生きていたのか……」

オレクの意識は、瞬時に、アレクサンドラからレオニダスに移る。歯軋《はぎし》りの音さえ聞こえそうなほどに、オレクがぎりぎりと奥歯を噛み締める。

「そうか。おまえのような猛獣を倒すには、あの程度の毒じゃ足りないってことか」

「あいにく、俺は不死身でね」

「だったら、こうしてやる！」

オレクがレオニダスに向かって剣を振りかぶった。

レオニダスは剣を持っていない。レオニダスの剣は、立ちはだかるオレクのはるか後方で地面に突き刺さったままだ。

「レオニダス！」

アレクサンドラは手にしていたなめし革の包みをレオニダスに向かって差し出した。

アレクサンドラの意図を悟って、レオニダスは、両手で頭をかばいながら、ひらり、と身をかわし、アレクサンドラに向かって手を差し伸べる。

アレクサンドラはなめし革の包みごとヤロスラフ王の剣をレオニダスに向かって投げた。

レオニダスの右手がそれを見事に受け止める。なめし革の包みがほどけて、中から長大な剣が現れる。

「まさか……」

オレクの瞳が驚愕《きょうがく》に見開かれた。

「まさか……、ヤロスラフ王の剣か……」

「そうよ」

答えたのはアレクサンドラだ。

「真の王にしか抜けないと言われた本物のヤロスラフ王の剣よ」

「アレクサンドラ……。持っていたのは、おまえだったのか……」

「知ってるでしょう? 兄上。兄上の手の中にあるそれは本物を模して作られた贋物よ。贋物が本物にかなうわけないわ。あきらめて投降《とうこう》しなさい」

だが、オレクの瞳の中に宿る狂気がそれで静まることはなかった。いや、むしろ、その碧の炎はいっそう激しく燃え上がり、オレク自身を焼き尽くす。

「アレクサンドラ……。つくづく忌々《いまいま》しい女だ……。これほどおまえを憎いと思ったことはないよ……」

「兄上……」

「よこせよ！　その剣を！　それは僕のものだ！　僕がシルワの真の王になるんだ!!」

オレクには、もうまともな判断などできないのだろう。めちゃくちゃに斬りかかってくその姿は、仮にも一国の王太子であったもののそれではなかった。オレクだって、子供の頃から、師匠について剣の修行をしてきたはず。でも、今はそんなことなんか忘れ去ったように、ただ剣を振り回しているだけだ。

レオニダスは、無茶な攻撃に翻弄《ほんろう》されることなく、オレクの剣をかわす。ひらり、ひらり、と左右に身を翻《ひるがえ》し、剣で剣をさばきながら、オレクをあしらう。澱《よど》みのないその動きには、野蛮さの欠片もない。華麗で、むしろ、美しいとさえ感じられた。

（まるで、舞いのようだわ）

そう思ったアレクサンドラの脳裏に、いつかアクイラで話してくれたことが蘇る。

子供の頃、旅芸人の一座で剣舞を仕込まれたというレオニダス。修行は厳しかったという。できないと、血まみれになるまで鞭でぶたれたり、食事も食べさせてもらえなかったり……。

子供だったレオニダスの、その痛み、苦しみ、つらさを思うと、アレクサンドラの胸は締め付けられるように痛んだ。けれども、一方で、それがほのかな甘さをまとっていることにも、アレクサンドラは気づいている。

レオニダスの、痛みも、苦しみも、つらさも、今は、全部自分のもの。愛する人と思いを共有する喜びが、アレクサンドラの胸を甘く疼かせる。

誰の目にも差は明らかだった。技量も、膂力も、体格も、経験も、何もかも、レオニダスのほうがオレクを数段上回っている。

まるで大人と子供だった。

レオニダスは自分からはいっさい攻撃をしかけてはいない。それは、防戦一方というよりは、教師ができの悪い生徒を相手にしているようにも見える。

次第に疲れてきたのか、オレクの足元が覚束《おぼつか》なくなってきた。

ヤロスラフ王の剣は長大だ。それに見合うように重量もある。そのような剣を振り回し続けられるのは、ほんの一握りの剛《ごう》の者だけだ。

オレクが弱っているのを見て取って、レオニダスが大きく踏み込んだ。真のヤロスラフ王の剣がオレクに向かって勢いよく伸びていく。下からすくい上げるようにして、剣先がオレクの手から贋のヤロスラフ王の剣を弾き飛ばす。

あっと言う間の出来事だった。

呆然としたように、オレクが地面に膝をつく。

レオニダスは、手にしていたヤロスラフ王の剣を投げ捨て、オレクの胸倉《むなぐら》を掴み上げると、その頬を素手で殴った。

地面に這いつくばるオレクを兵士たちが取り押さえる。両側から腕を拘束され、頭を低く押さえられながら、オレクはレオニダスに駆け寄るアレクサンドラを睨みつけた。

「まさか……、おまえがヤロスラフ王の剣を抜くなんてな……」

ほんとうは、抜いたのはレオニダスだ。だが、アレクサンドラはあえて訂正はしなかった。レオニダスが抜いたと言えば、オレクはまた暴れ出すかもしれない。

オレクが言う。

「いいことを教えてやろうか?」

「けっこうよ」

とアレクサンドラは答えた。どうせ、オレクが言うことなんてろくなことじゃない。耳にしたものに心を惑わされるのはいやだった。

しかし、オレクは口を閉じない。レオニダスに殴られた頬は赤く腫《は》れている。唇は切れ、話すのもつらいはず。なのに、アレクサンドラに向かって遠慮のない言葉を投げつける。

「いいから聞けよ。我が妹よ。最初におまえのことを『魔女』だと言ったのは、実は、僕なんだぜ」

「……兄上……」

「僕は、おまえが魔女なんかじゃないことを知っていた。おまえの魔法はただの知識でしかない。たとえばアクイラあたりでおまえを『魔女』だなんて言ったら、言ったこっちのほうが笑われるだろう。だが、迷信深い我が父上母上は、僕を信じた。僕があることないこと吹き込んだ言葉を鵜《う》呑《の》みにして、おまえを恐れた……」

思ってもみなかったことを言い出され、アレクサンドラは動揺を隠せなかった。思わずレオニダスの腕にしがみつくと、すかさず、レオニダスがアレクサンドラの肩を抱き寄せる。その腕のたくましさが、今はとても心強い。

「それって、兄上が意図的にわたくしを陥《おとしい》れたということ？」

アレクサンドラの問いにオレクがうなずく。

「まあ、そういうことだな」

「では、わたくしが、魔女と呼ばれ、忌み嫌われるようになったのは、全部兄上のせいなの？」

「ああ。そうさ。おまえを東の塔に幽閉したほうがいいと言ったのも僕だ。あんな魔女が城の中を我が物顔で歩き回っていたら、いつかシルワに不吉なことが起こるに違いないってささやいたら、父上も、母上も、真っ青になって、僕の言うことに従ったよ」

「そんな……」

衝撃の告白だった。

まさか、兄のオレクが、迷信深いのを逆手にとって父や母を煽動《せんどう》していたなんて。

「どうしてそんなことを……？」

「おまえが怖かったんだ……」

「わたくしが……？　怖い……？」

「誰もが妹のおまえのほうが聡明だと褒めた。この僕を凡庸《ぼんよう》だと侮《あなど》った。『アレクサンドラさまがお世継ぎだったらよかったのに』。『せめて、アレクサンドラさまが王子だったら』。そんなふうに女官たちが噂するのを耳にするたびに、僕がどんな気持ちでいたのか、おまえにわかるか⁉」

それっきり、オレクは、うつむき、口をつぐんでしまった。小刻みに震える肩の様子から、兄が泣いていることを知ったアレクサンドラも、また、口をつぐむ。

「で、どうする？　この兄上さま。叩き斬るか？」

アレクサンドラの肩を抱いたまま、レオニダスが言った。

「おまえが望むなら、今すぐこの場で、こいつをバラバラに切り刻んでやってもかまわないぞ」

だが、アレクサンドラは首を静かに横に振る。

「こんな男でも、血のつながった兄ですもの。殺すのは忍びないわ」

その言葉を聞いて、オレクが涙に濡れた顔を上げて叫んだ。

「殺せ！　今、殺せ！　この場で殺せ！　僕に情《なさ》けをかけるな！　汚《けが》らわしい‼」

アレクサンドラはため息をつきながら、オレクの前にひざまずき、オレクの顔をのぞき込む。

「だめよ。兄上。わたくしは兄上を追放します。シルワには二度と戻ってこないで」

「……アレクサンドラ……」

「ほんとうは兄上にもわかっているんでしょう？　兄上は選ばれなかったのよ。ヤロスラフ王は兄上がヤロスラフ王の剣を抜くことを許さなかった」

オレクが再び泣き崩れる。

「連れていけ」

レオニダスに指示されて、兵士たちがオレクを連れていった。オレクには、もう、抵抗する気力も残ってはいないらしく、されるがままになっている。

そのうしろ姿をしばらく見送ってから、ゆっくりと振り向くと、レオニダスが無言で真のヤロスラフ王の剣を差し出した。

両手で押し頂くように受け取ってから、アレクサンドラはまっすぐにレオニダスの黒い瞳を見上げる。

濁《にご》りのない瞳。いったい、どれだけ底が深いのか想像もつかないほどに。

どうしたら、レオニダスに伝えられるだろう。その瞳を、今、自分が、どれほど美しいと思っているか。どれほどいとおしいと思っているか——。

アレクサンドラは、ヤロスラフ王の剣を頭上高く捧げ持ち、レオニダスの足元にひざまずく。そうして、恭《うやうや》しく頭を下げ、その言葉を口にした。

「ヤロスラフ王が真の王としてお選びになったのはわたくしではありません。レオニダス。あなたです」

レオニダスは何も言わない。ただ、黙ってアレクサンドラを見下ろしている。

「王位には、わたくしではなく、あなたが相応《ふさわ》しい。レオニダス王。どうぞ、このシルワをよき未来にお導きください」

レオニダスが口を開いた。

「それで、おまえはどうするんだ?」

「わたくしは、既にあなたの妻です。王のお許しをいただけるのであれば、妻として、あなたに一生お仕えしたいと思います」

更に、深く深く頭を下げた時、ふいに、額に、ぺち、と何かが触れて軽い痛みが走った。

「痛っ……」

驚いて顔を上げると、すぐ目の前にレオニダスの顔がある。どうやら、指先で額を弾かれたらしい。

「おまえは、ほんっっっと、バカだよなぁ」

レオニダスは笑っていた。呆れるように。困ったように。甘やかすように。

「俺は王さまなんかにはなんねーよ。女王はおまえだ」

「だって、あんなに自分の国を欲しがってたじゃない。自分のものだって思える国が欲しいって。だから……、だから、わたくしは……」

思わずレオニダスの腕に取りすがると、そっと抱き寄せられた。

「ようやくわかったんだよ。アレクサンドラ。俺が欲しかったのは俺の自由になる国じゃない。いつでも俺を受け入れてくれる場所。俺がいることを許してくれる場所。俺が欲しかったのは、たぶん、そんなもんだったんだろうな」

「レオニダス……」

「俺は、もう、求めるものを手に入れた。それは、王の座なんかよりも、ずっと、ずっと、価値のあるものなんだぜ」

アレクサンドラは両手をいっぱいに伸ばしてレオニダスの身体を抱き締める。すぐに力強い腕が、きつくきつく抱き返してくれた。

「バカはどっちよ。このわたくしが王さまにしてあげるって言ってるのに」

「へえ。そんなに俺のことが好きなんだ」

「もう、この男は！」

「ヤロスラフ王は、たぶん、おまえのためにこの剣を振るうよう、この剣を俺に抜かせたんだ。俺は剣でいいよ。女王を守る剣。そのほうが、ずっと、俺らしいだろ。なあ。そう思わないか?」

思わず笑みがこぼれた。レオニダスも笑っている。

キスをねだるように見つめると、すぐに望んだものが唇の上に降りてきた。

一度は離れた唇が、すぐに、また重なり合う。わずかの間も離れているのがつらくて、何度も、触れては離れてを繰り返す。

そんなふたりを引き離したのは、地上から聞こえてくる歓声だ。十人や二十人ではない。百人? 二百人? いや、たぶん、もっと、もっと、たくさんの人たちが集まって誰かの名を呼んでいる。

それでもなお名残惜しい気持ちを引きずりながらレオニダスから離れ、アレクサンドラは外の様子に耳を傾けた。

「この声は何……? 地上では何が起こっているの……?」

レオニダスがそっとアレクサンドラの肩を抱く。その目は何もかもを知った上で、アレクサンドラを促しているようにも見える。

「自分で確かめてみたらどうだ?」

アレクサンドラはうなずいた。何があってもレオニダスがそばにいてくれる。そう思えば、もう、何も怖くない。

レオニダスに手を引かれ、狭い通路を通って地上へと向かう。いつのまにか、朝になっていた。雲一つない晴天《せいてん》が頭上をいっぱいに覆っている。

どうやら、城の外から聞こえてくるらしい歓声に導かれるように、庭を横切り、城の門の近くまで行くと、ディミトリオが迎えてくれた。

「遅いですよ。女王さま。皆さんが女王さまをお待ちです」

「どういうこと……？　それに、女王さまって……」

戸惑っていると、いきなり、レオニダスに抱き上げられた。

「ほら。行くぞ」

「えぇっ？」

あれこれ考えている余裕もないまま、レオニダスの首に抱きつく。片手がふさがっているのでちょっと安定が悪い。なんとか、ヤロスラフ王の剣を持ち換え、体勢を整えてから城の外に視線を向け、アレクサンドラは息を飲む。

城の外には、今まで見たことがないほどたくさんの人が集まっていた。

樵《きこり》がいる。農民がいる。川で漁をする漁師たちも。男も、女も、子供も、年寄りも、そして、もちろん、レオニダス麾下の兵士たちも、シルワの城が立っている丘全部を埋め尽くすくらい大勢の人々が、アレクサンドラの姿を認めて、更に大きな歓声を上げる。

呆然としてその光景を見ていると、ディミトリオがにこにこと笑いながら言った。

「シルワの国民の皆さんですよ」

「国民の…皆さん……？」
「シルワ国民の皆さんは、いいかげん、お疲れだったんですよ。何代も続いた放漫《ほうまん》な国政
によって夢も希望も奪われていた。でも、我々がやってきて、いろんなことをやって、国
民の皆さんに希望が生まれた。国民の皆さんは、この先、シルワがよい方向に変わってい
くという夢を見始めていた」
更に歓声が大きくなる。ともすればディミトリオの声もかき消されそうなほどに。
「国民の皆さんにとって、オレクは、せっかく生まれた夢や希望を打ち砕く存在だったん
です。オレクがシルワの城の主になった途端、何もかも元通りになってしまった。我々が
しようとしていたことも、すべて、頓挫《とんざ》した。国民の皆さんはオレクによって踏み潰され
た夢や希望を取り戻したいと願っています。アレクサンドラさまに、自分たちの夢や希望
を託したいと望んでいるのです」
「ほんと……？　ほんとに……？　だって、わたくしは『魔女』なのに……」
同じあの人たちに、火あぶりにされそうになったこともあるのに……。
「大丈夫ですよ。アレクサンドラさまの魔法はよい魔法であって、誰かに害を為《な》すもので
はないことをきちんと説明したら、みんな、ちゃんとわかってくれました」
「あ……」
「城を追われた俺たちを匿《かくま》ってくれたのは、実は、国民の皆さんなんです。さあ。手を振

ってあげてください。みんな、アレクサンドラ女王の即位のお祝いに駆けつけてきたんです。ほら。聞こえるでしょう？　みんながアレクサンドラさまの名前を呼んでいますよ」

「女王陛下」と誰かが叫ぶ声が耳に入った。別の誰かが「アレクサンドラ女王さま」と言う。

あれほど、アレクサンドラを忌み嫌っていた国民たちが、一度はアレクサンドラを火あぶりにしようとした人たちが、今は、アレクサンドラが女王であることを喜び、祝福している。

レオニダスによって回された運命は、いつしかこんなところまでアレクサンドラを運んできたのだ。

その不思議さに胸が打ち震えた。

（わたくしは女王になったんだ……。ほんとうに、シルワの女王になったんだ……！）

アレクサンドラは、レオニダスの腕から降り、群集に向かって両手を上げた。

歓声が止む。皆が、アレクサンドラの言葉を待って口をつぐむ。

「皆さんに報告があります」

できるだけ遠くまで通るよう、アレクサンドラは声を張り上げた。

「わたくしは、先日、アクイラでこのレオニダスと結婚しました。ここに証明書もあります。立会人はアクイラの王太子殿下と王太子妃殿下よ」

群集にどよめきが走る。そのどよめきが静まるのを待って、アレクサンドラは更に言葉を続けた。

「わたくしは、レオニダスと共に、このシルワを、もっと、もっと、よい国にしていくつもりです。そのためには皆さんの協力が必要よ。どうぞ、皆さん、わたくしに力を貸してください」

アレクサンドラは両手でヤロスラフ王の剣を頭上にかざす。

「わたくしは、女王として、シルワに尽くすことを、このヤロスラフ王の剣に誓うわ」

再び、割れんばかりの歓声が上がった。

立ち尽くすアレクサンドラの腰を、レオニダスがそっと抱き寄せてささやく。

「今のは、その昔、ヤロスラフ王がしたのと同じ宣言だな」

「知っていたの？」

「シルワ女王の夫なら、そのくらい当然だろ？」

そんなふうに返されて、思わず小さく噴き出すと、レオニダスの瞳にも笑みが浮かんだ。

「どうだ？　俺はちゃんと約束を守っただろう？」

「そうね」

一部、不履行《ふりこう》な部分もあったけれど、アレクサンドラはこうして女王になったわけだし。

「最初は、なんて無謀《むぼう》なことを考える男なんだって呆れたわ。こんなことが実現するなんて思ってもみなかった」

だが、レオニダスは、ちらり、とアレクサンドラを見て肩をすくめる。

「そうか？　俺は無謀だなんて一度だって思ったことはないぜ」

「あら、まあ。たいそうな自信だこと。その根拠は、いったい、どこにあるのかしら」

「直感だよ。直感。おまえを一目見た瞬間にわかったんだ。あ、こいつ、面白いってな」

それは少し意外な言葉だった。アレクサンドラは思わずレオニダスを見つめる。レオニダスの横顔は歓声を上げ続ける群集に向けられている。

「何年も東の塔に幽閉されてる王女がいるって聞いた時、俺は、最初、こいつはダメだなって思ったんだよ。そういう目に遭ったヤツはみんな壊れていく。心が腐って、少しずつ、少しずつ、生きながら死んでいく。それが、男でも、女でも」

「……」

「だが、おまえは違った。扉を開いた俺を睨みつけるその眼差しは生気に満ちていた。だから、俺は思ったんだ。こいつ、おもしれー。こいつが女王になったら、きっと、もっと、もっと、おもしれー。って、そんなふうにな」

いきなり、黒い瞳を向けられて、ドキン、と胸が高鳴った。否応なく頬が熱くなる。胸の鼓動が加速していくのを止められない。

そんな自分が照れくさくて、アレクサンドラは、わざとそっけない表情を作り、意味ありげな視線をレオニダスに向ける。

「あら。それって、わたくしに一目惚れしたってことかしら?」

「さあ。どうかな」

「何よ。素直に認めなさいよ」

「そうだなぁ。いきなり靴を投げつけられた時には、正直、かなり、ぐっ、ときたかもしれない」

そこか!? そこが重要なのか???

「変な人」

「おまえのほうこそ。変な女だよ。こんな変な女はこの世の中のどこにもいない。たぶん、世界一だな」

けなされているはずの言葉なのに、胸はうきうきとあったかい。なぜって、その言葉が『世界一好き』と言っているように聞こえるから。

「浮気したら殺すわよ」

そう言うと、すかさず応酬《おうしゅう》された。

「だったら、俺が浮気する気も起きなくなるくらい、たっぷり、満足させてくれるんだろうな」

アレクサンドラは、つん、と胸を張って答える。

「望むところよ」

ふたりそろって、思わず噴き出して。

そのあとは、キス。キス。キス。

群集から、更に大きな歓声が上がったことは言うまでもない。

◇　◇　◇

ここ数日、しとしとと降り続いていた雨がようやく上がった。

朝の太陽に薔薇色に染められた雲の隙間からは切れ切れに青空がのぞいている。どんより重い雲はゆっくりと流れていき、やがて、薄日が射し始める。

きっと、今日はいいお天気になるだろう。

気持ちまで晴れやかになって、アレクサンドラは庭へと足を踏み出した。

ハーブ園では、今、ラベンダーが花盛りだ。

オレクは、当然のことながら、ハーブ園のことなんかほったらかしだったから、その間に、枯《か》れてしまったものも少なくなかった。けれども、ジャラードたちが一生懸命手入れをしてくれて、なんとか、元の姿を取り戻し、今では、前以上に整備が行き届いている。

お陰で、城のすぐ近くに治療院を作ることもできた。

治療院には、日々、たくさんの人々が訪れる。アレクサンドラは、それを求める人々すべてに、知識と、必要なハーブを分け与えた。

相変わらず、人々はアレクサンドラのことを『シルワの魔女』と呼ぶけれど、今では、その言葉には多大な尊敬がこめられている。

昨日までの雨の雫にドレスの裾を濡らさないようハーブ園へ向かうと、ジャラードが先頭に立って指示を出していた。

ジャラードは、ほんとうに、よくがんばっている。最近では、ハーブの栽培方法やその効能についてもよく研究していて、治療院での仕事も安心して任せられるようになった。

浮いた時間で、アレクサンドラは、今、本を作っている。

国民のための本。読み書きのできない国民に文字を教えるための本。

レオニダスは、アレクサンドラが東の塔に長い間幽閉されていたにも関わらず、自分というものを失っていないことに驚いたと言っていた。

でも、それはいつもそばに本があったからだとアレクサンドラは思っている。

本の中には真理がある。世界の理を居ながらにして教えてくれる。あの孤独な時間をどれだけ本に救われたかわからない。

アレクサンドラはその喜びをみんなに伝えたかった。

少しずつ晴れ渡っていく青空の下、さわやかな植物の息吹《いぶき》を精いっぱい感じるように深呼吸をしていると、見慣れぬ誰かがディミトリオに連れられてやってくるのが目に入った。

「アレクサンドラさま。お客さまですよ」

「お客さま……？」

怪訝《けげん》な眼差しで、アレクサンドラはディミトリオが連れてきた人物に目をやる。

それは少年のようだった。背格好からして、ジャラードよりもまだ年若いだろう。着ているものは質素な旅装で、旅の商人が連れて歩いている子供のようにも見える。

「こんにちは。今日はどんなご用かしら？」

アレクサンドラが問いかけると、少年が深々とかぶっていたマントのフードを下ろした。

現れたのは、少年ではなく、少女の顔。

瞳は碧。金色の絹糸のような髪を無造作に束《たば》ねている。

（誰……？　いったい、誰だったかしら……？）

アレクサンドラの記憶が告げていた。

アレクサンドラはこの少女を知っている。いつか、どこかで、たぶん、遠い昔に、この少女と会ったことがある。絶対に。

「もしかして……」

アレクサンドラは震える声で聞いた。

「もしかして……、エレナ……？」

エレナ。シルワの第二王女。アレクサンドラの妹。

随分大きくなっていたからわからなかった。アレクサンドラが東の塔に幽閉された頃には、まだほんとうに小さくて、ひとりで着替えることも覚束ないくらいだったのに、こんなに愛らしい少女になっていたなんて……。

抱き締めようとアレクサンドラが手を伸ばすと、エレナはその手をすり抜けるようにして、アレクサンドラの足元にひれ伏した。

「ごめんなさい……。姉上。ほんとうに、ごめんなさい……」

「エレナ……」

「わたし、わかっていたの。姉上は、病に侵されたわたしを献身的に看病してくれた。熱に浮かされたわたしの手を握り、『大丈夫よ』って『絶対よくなるわ』って、ずっと、ずっと、励《はげ》まし続けてくれた。こんなにわたしのことを思って、心から心配してくれている姉上が悪い魔女なんかであるはずがない。でも、わたし……」

泣いているのか、エレナの声はくぐもっている。

「わたし、ほんとうは言いたかった。父上や母上が姉上のことを悪く言うたびに、『違うわ』って『姉上はわたしたちを呪ったりしないわ』って、言い返したかった。でも、怖かったの……。そんなことを言ったら、わたしまで魔女にされてしまうんじゃないかと思ったら、怖くて、怖くて、何も言い出せなかった……」

「エレナ」

アレクサンドラは、泣きじゃくる妹の頬を両手でそっと包み、上を向かせる。エレナの愛らしい顔は、涙でぐっしょり濡れている。

「いいのよ。エレナ。もう、いいの」

「でも……。姉上……。わたし、姉上に申し訳なくて……。姉上は生命の恩人なのに、その姉上を裏切った自分が許せなくて……」

「もう済んだことよ。だから、自分を責めるのはおよしなさい。その気持ちだけで充分よ。エレナがそう言ってくれるだけで、わたくしは、とてもうれしいわ……」

「姉上……!」

両手を伸ばしてエレナが抱きついてきた。

アレクサンドラは、妹の細い身体を抱き締め、その背中を撫でてやる。

まさか、妹のエレナがこんなにも思い病み傷ついているなんて、アレクサンドラには思いも寄らないことだった。

アレクサンドラが、あの東の塔でなかば心を閉ざして過ごしていた間、では、このエレナは、その小さな胸を罪悪感に蝕《むしば》まれ続けていたのか。

そう思うと、エレナが不憫《ふびん》でたまらなかった。このエレナもまた、自分と同じく、迷信深さと無知の被害者なのだ。

「さあ。エレナ。もう泣き止んで」

「姉上……」

「泣いてばかりでは、せっかくのかわいい顔が台なしよ」

ようやくエレナの顔にもうっすらと笑みが戻る。

「ひとりで来たの？」

そう聞くと、エレナは小さく首を横に振った。

「巡礼の皆さんと一緒よ。男の子のふりをして紛れ込んだの」

「だから、その格好なのね。なんて大胆だこと」

シルワの第二王女として何不自由なくぬくぬくと育ったエレナにそんな大胆なことができるなんて驚きだったが、あるいは、この城を脱出して以来、エレナの身にもいろんなことが起こったのかもしれない。

「父上と母上はお元気」

その質問に、エレナはわずかに苦笑した。

「ええ。おふたりともお元気よ」

「そう」

「でも、虚脱《きょだつ》状態っていうのかしら？　このお城から逃げ出してからというもの、なんだか、何もかもが面倒くさくなってしまったみたい。今はとある国の貴族の方に支援を受けて、のんびり暮らしていらっしゃるわ」

なんだかんだ言って、あの父にはシルワの国王という立場が正直重荷だったのだろう。

父にとっては、シルワの王の子に生まれついてしまったことが、そもそもの不運なのかもしれない。

「兄上は父上や母上とご一緒なの?」

アレクサンドラに追放されたあと、オレクは行方知れずだ。少しだけ気になってきいてみると、エレナは小さく首を横に振る。

「時々お帰りになってくる程度よ。なんだか、各地を飛び回っているみたい。シルワ奪還《だっかん》を画策しているっていう噂だけど……」

「しつこい男ね」

アレクサンドラは眉を寄せる。

「いいけど。何回来てもシルワは渡さないから」

でも、もし、オレクがあきらめて、シルワのために働いてくれると言うのなら、その時は迎え入れてもいいと思う。とはいえ、あのオレクが、そう簡単に心変わりするとは思えないが。

エレナは少し困った顔で笑っていた。

エレナにしてみれば、実の兄と姉が争うのは快いことではないだろう。エレナを傷つけているのは自分だ。わかっていても、譲れないものがある。

「いい香りね」

つらい気持ちを断ち切るように、エレナが両手を広げてラベンダーの香る風を吸い込んだ。

「シルワってこんなにすてきなところなんだって、初めてわかった気がする」

「エレナ……」

「姉上。わたしも姉上のお手伝いをさせてもらってもいいかしら？　わたし、姉上に恩返しがしたい。わたしにも、できることはあるかしら？」

アレクサンドラは、エレナの両手を取り、ぎゅっと握り締める。

「おかえりなさい。エレナ」

「姉上……」

「シルワをもっともっとよい国にするために協力してね」

「はい」

エレナが大きくうなずく。

アレクサンドラの顔にも笑みが浮かぶ。

「さて。レオニダスにも紹介したいところだけど、今、出かけているの。南部地方の灌漑《かんがい》工事の手伝いに行っているのよ」

「レオニダス……って、姉上の旦那さまよね？　どんな方？　なんだかドキドキするわ」

「変わった男よ。普通じゃないから、覚悟しておいてね」

「え……？　普通じゃない……？　覚悟……？　え？　え？　え？　いったい、どんなすごい人なの？？？」

「それはエレナの目で確かめて」

「えー!?」

エレナは理解できないとでもいうように目をぱちぱちさせている。

勝手に想像して頭をぐるぐるさせているエレナを見て、アレクサンドラはいたずらっぽく肩をすくめた。

たぶん、レオニダスはもう南部地方を発ったはず。

もうすぐ戻ってくる。アレクサンドラの世界にいきなり飛び込んできた、黒い髪、黒い瞳をしたつむじ風が、再びこの腕の中へと帰ってくる。

「帰ってきたら報告しなくっちゃね。家族がふたり増えるって」

「え……？　ふたり……？？？」

不思議そうに小首を傾げるエレナに、アレクサンドラはにっこりと微笑みを返した。

END

あとがき

この度は、幾多《いくた》ある本の中から拙作《せっさく》をお手に取っていただき、ありがとうございます。

このお話『黒の将軍と東の塔の魔女』は、同じくマリーローズ文庫さまから発行していただきました『銀の王子と琥珀《こはく》の姫』は『黒の将軍と東の塔の魔女』の、いわゆるスピンオフとなっております。『銀の王子と琥珀の姫』にも出てきたエルウィンとジークフリートのお話でした。レオニダスも悪い人の役（笑）で出ております。

『黒の将軍と東の塔の魔女』は、そちらが未読でも問題なくお読みいただける内容ではありますが、もし、よろしければ、併《あわ》せてお読みいただければと思います。いずれにしても、少しでも楽しんでいただければ幸《さいわ》いです。

なお、天野《あまの》ちぎりさまには前回に引き続き大変大変大変美しい挿絵を描いていただくことができ、望外《ぼうがい》の喜びです。この場を借りて御礼申し上げます。

姫野《ひめの》　百合《ゆり》

マリーローズ文庫をお買い上げいただき、ありがとうございます。この本を読んでのご意見・ご感想・ファンレターをお待ちしております。

☆あて先☆
〒154-0002　東京都世田谷区下馬6-15-4
コスミック出版　マリーローズ編集部
「姫野百合先生」「天野ちぎり先生」
または「感想」「お問い合わせ」係

黒《くろ》の将軍《しようぐん》と東《ひがし》の塔《とう》の魔女《まじょ》

【著者】　姫野百合《ひめのゆり》
【発行人】　杉原葉子
【発行】　株式会社コスミック出版
〒154-0002　東京都世田谷区下馬 6-15-4
【お問い合わせ】　- 営業部 -　TEL 03(5432)7084　FAX 03(5432)7088
- 編集部 -　TEL 03(5432)7086　FAX 03(5432)7090
【ホームページ】　http://www.cosmicpub.com/
【振替口座】　00110-8-611382
【印刷／製本】　中央精版印刷株式会社

乱丁・落丁本は、小社へ直接お送り下さい。郵送料小社負担にてお取り替え致します。
定価はカバーに表示してあります。

花嫁衣裳に身を包み、結婚式へと向かうエルウィンの心は絶望に満ちていた。祖国を救うため、大国アクイラの王子と政略結婚をしなければならないからだ。結婚式の式場で初めて会ったジークフリートは、顔こそ美しいが尊大で傲慢な男。迎える初夜には、なぜかジークフリートはエルウィンを抱かず、仮面夫婦を提案してくる。やがて愛のない日々に、エルウィンは心の痛みを感じるようになり……。